LES ÉPICES

Jean-Marie Pelt est professeur émérite de biologie végétale et de pharmacologie à l'université de Metz et président de l'Institut européen d'écologie. Il a publié de nombreux ouvrages chez Fayard.

Paru dans Le Livre de Poche :

L'AVENIR DROIT DANS LES YEUX

C'EST VERT ET ÇA MARCHE !

LES LANGAGES SECRETS DE LA NATURE

LA LOI DE LA JUNGLE

MES PLUS BELLES HISTOIRES DE PLANTES

NATURE ET SPIRITUALITÉ

NOUVEAU TOUR DU MONDE D'UN ÉCOLOGISTE

PLANTES EN PÉRIL

LA SOLIDARITÉ CHEZ LES PLANTES,
LES ANIMAUX, LES HUMAINS

LA TERRE EN HÉRITAGE

JEAN-MARIE PELT

Les Épices

FAYARD

ISBN : 978-2-253-12203-6 – 1re publication LGF

Chapitre premier

Les épices dans l'Histoire

La reine de Saba, Sindbad le Marin, le calife de Bagdad, Marco Polo : autant de figures légendaires qui évoquent les mystères de l'Orient fabuleux. Tous ont partie liée aux épices.

1298 : Venise et Gênes, sempiternelles rivales, sont en guerre. Au large des côtes dalmates, les Génois prennent l'avantage. Marco Polo, célèbre voyageur revenu de Chine quelque six ans plus tôt, est fait prisonnier. Il va séjourner trois ans dans les geôles génoises. Pour tromper le temps, il raconte à son compagnon de captivité, le notaire Rusticello, de Pise, les mille et une péripéties d'un voyage en Chine qu'il a effectué avec son père et son oncle et qui a duré un quart de siècle. Marco intitule son récit *La Description du monde*, plus connu par la suite comme *Le Livre des merveilles.* Cet ouvrage devient vite l'un des « best-sellers » du Moyen Âge : cent quarante-trois exemplaires manuscrits nous en sont parvenus, l'imprimerie n'existant pas encore. Sitôt achevé, le livre est traduit dans la plupart des langues romanes de l'époque : en provençal, catalan, toscan, vénitien, aragonais... L'apparition de l'imprimerie, un siècle et demi plus tard, décuple cet énorme succès d'édition. Initialement rédigé en français, il est imprimé en allemand dès 1477, à Nuremberg, puis en vénitien en 1496, et finalement dans notre langue en 1559. Marco a gardé en mémoire, avec une précision surprenante, tout ce qu'il a vu et vécu durant son long voyage et son séjour en Chine. À Khambalika, l'actuelle Pékin, le grand Khan Kubilay, empereur de Chine, lui a même confié certaines tâches ayant trait à l'administration fiscale ou aux missions diplomatiques.

En 1294, alors que les Polo reviennent de Chine, le franciscain Giovani da Montecorvino y arrive après un voyage de cinq ans. Mandé par le pape Nicolas IV auprès du grand Khan, il a reçu mandat d'établir avec lui des relations durables.

Ainsi l'Occident commence à découvrir cette Chine mystérieuse que nul n'avait jusque-là visitée ni parcourue. Certes, les grands empires de l'Ancien Monde étaient déjà en contact, mais par des cascades d'intermédiaires, sans aucune relation directe. En fait, ils s'ignoraient presque totalement. En Occident, l'Histoire s'était déroulée entre Athènes et Rome, Alexandrie et Byzance, Bagdad et Babylone. Au-delà s'étendaient, immenses, des *terra incognita* marquant les confins du monde connu. Seules en déferlaient parfois, via les steppes slaves, des hordes ravageuses et redoutées. Lorsque les Polo la découvrent, la Chine, de son côté, représente un très ancien et gigantesque empire autarcique placé sous la férule de souverains mongols, coupé et ignoré de l'Occident. Les Romains ne surent rien de la Chine ; aucun jamais n'y mit les pieds ; Pline lui-même en ignore l'existence, alors qu'il cite l'Inde et Ceylan, connus par ouï-dire. Pourtant, à son époque, les épices d'Extrême-Orient arrivaient déjà, via l'Orient méditerranéen, jusque sur la table des citoyens de Rome.

Dans la relation biblique du fameux voyage de la reine de Saba auprès de Salomon, environ mille ans avant notre ère, il est indiqué que « la reine fait présent au roi de quatre tonnes d'or, de pierres précieuses, et d'aromates en telles quantités qu'on n'en a jamais vu autant depuis lors[1]... ». Ces aromates, elle les rapporte de son royaume, l'ancienne Arabie heureuse des Romains, le Yémen d'aujourd'hui. Mais que faut-il entendre au juste par ce terme d'*aromates* ?

Pour les nutritionnistes contemporains, le mot désigne toute substance ajoutée à un aliment ou à une boisson pour en modifier le goût ou l'arôme. À l'époque, le mot « épice », apparu en France vers 1150 et dérivé du latin *species,* « espèce », n'existait pas encore. Mais, dès l'origine, l'or et les épices sont associés ; ils le resteront à travers l'Histoire comme synonymes des biens les plus précieux.

Il semble néanmoins que la Bible donne une acception plus large au mot « aromates » qu'elle cite notamment dans Le Cantique des cantiques où est évoquée « une oasis de grenadiers emplie d'essences rares, le nard et le safran, le roseau odorant, l'arbre à encens, la myrrhe et l'aloès, le cinnamome, les plus exquis des

---

1. 1 Rois, 10, 10.

aromates[1] ». Le cinnamome, qui n'est autre que la cannelle, arrivait donc bien avant notre ère sur le pourtour méditerranéen. Sur l'île de Lesbos, les élèves de la belle Sapho, poétesse du VIIe siècle avant J.-C., se parfumaient d'ailleurs déjà à la cannelle. Les poèmes saphiques mentionnent également le safran, qui poussait en Grèce où ses fleurs mauves et ses stigmates carmin étaient fort utilisés. Ces derniers servaient, avec la cannelle, à aromatiser le vin tandis que ses fleurs étaient tressées en couronne pour honorer les dieux.

À Babylone, le célèbre Nabuchodonosor, ennemi juré des Hébreux, aimait les plats et les vins épicés. Quand Alexandre le Grand pénètre en Perse, en 330 avant J.-C, il découvre dans le palais de Darius II, à Persépolis, pas moins de deux cent soixante-dix-sept cuisiniers et de nombreux esclaves exclusivement préposés aux épices.

L'Égypte ancienne a fait elle aussi une grande consommation de plantes médicinales, parfums et aromates offerts en sacrifice aux dieux ou aux hommes pour les honorer, les guérir ou les embaumer. Sa situation géographique favorisait un intense commerce des épices au carrefour des voies terrestres venues de l'Orient lointain et de la mer Rouge, très tôt sillonnée par les boutres arabes.

Les Arabes stockaient en effet les précieux aromates le long de la côte somalienne, ou « Côte des épices ». Certaines préparations complexes bénéficiaient alors d'une large et riche réputation, comme le « métopion », le « crocomagne », le « kifi », le « baume royal », entre

1. Ct 4, 13-14.

autres médications restées légendaires. L'alimentation elle-même était fortement épicée, de même que les boissons (vin, vinaigre, bière). On utilisait pour cela des plantes poussant spontanément en Égypte, mais aussi des épices venues de loin, comme la cannelle et déjà la girofle et la muscade. Le vin à la cannelle était de consommation courante et son usage ne s'est point démenti jusqu'à ce jour où l'on apprécie toujours sangrias et vins chauds.

Les premiers siècles de la civilisation latine étant marqués du sceau de la sobriété et de l'austérité, les Romains n'adoptèrent que très tardivement ces pratiques. De ce point de vue, l'avènement de l'Empire rompt avec le temps de la République. Les épices deviennent alors à la mode, et l'usage du poivre fait fureur. Pline semble le déplorer lorsqu'il écrit dans son *Histoire naturelle* : « Qui donc osa lancer son usage dans les aliments ? Ou qui, pour stimuler son appétit, ne se contenta pas de la diète ? »

Sous Tibère, Marcus Gavius Apicius, fin gourmet romain, se taille une grande célébrité par l'extravagance de ses recettes : il propose des langues de paon, de flamant rose ou de rossignol, des tétines de truie et des crêtes de coq ! Aussi richissime que dispendieux, il consume sa fortune en achetant des quantités époustouflantes d'épices dont il fait les accords les plus inattendus. Excellent dans les sucrés-salés, les aigres-doux, les mélanges d'aromates les plus subtils, il se taille un tel succès de curiosité qu'à Rome un *apicius* signifiait alors un cuisinier. Ses talents culinaires et son originalité lui valurent d'être entouré d'une cour très voyante de jeunes Romains qui finirent par précipiter sa ruine. Sur quoi, dans la meilleure tradition de la Rome antique, il se suicida. Mais il nous a laissé des recettes aussi étonnantes que celle de ce *porcelet à la jardinière* :

« On désosse le porcelet par le gosier à la façon d'une outre. On le garnit de poulet haché, de quenelles de grive, de becfigues, de ses abats en hachis, de saucisses de Lucani, de dattes dénoyautées [...], d'escargots sans leur coquille, de mauve, de bettes, de poireaux, de céleri, de brocoli bouilli, de coriandre, de poivre en grains et de pignons. On ajoute par-dessus 15 œufs et du garum au poivre. Le porcelet revenu et rôti au four est alors fendu par le dos et arrosé d'une sauce composée d'huile d'olive, de vin paillé, de miel, de garum, de poivre et de rue. »

Le *garum* est une sauce produite par la décomposition de viscères de poissons exposés au soleil pendant deux mois ; elle évoque le traditionnel *nuoc-mâm* de la cuisine vietnamienne. L'addition préalable de sel limite la prolifération de la flore bactérienne et favorise sa conservation. Quant au *vin paillé,* il est obtenu avec du raisin récolté avant maturité et exposé sur un lit de paille où il achève de mûrir.

En art culinaire, l'imagination d'Apicius est sans limite. Voici encore son célèbre condiment, le *conditum mirabile* :

« Dans un cratère de bronze allant au feu, on verse 2 setiers de vin et 15 livres de miel (soit 3,3 litres de vin et environ 5 kg de miel). Par chauffage, on réduit le volume en remuant, mais on arrête l'ébullition par addition de vin frais. Après refroidissement, on chauffe à nouveau à plusieurs reprises. Puis, le lendemain, on écume et on aromatise avec du poivre broyé (4 onces, soit environ 120 g), 3 scrupules (3,5 g) de résine de lentisque en poudre, un dragme (environ 6 g) de safran et autant de malabâtre, 5 dattes ramollies dans du vin, les noyaux de celles-ci grillés, et du vin, encore du vin (18 setiers, soit environ 28 litres). Puis on chauffe à nouveau jusqu'à ébullition. »

Le *conditum mirabile* se consommait chaud ou froid… et consommait lui-même, comme on voit, de grandes quantités d'épices et de vin. Un vin fortement poivré.

Certes, à Rome, les épices n'étaient pas accessibles à toutes les bourses, mais chacun pouvait en humer les effluves en parcourant la *Via piperatica,* la rue du Poivre, où figurait sur les étals leur riche mosaïque aux multiples couleurs et aux fragrances puissantes ou délicates, tout près du forum de Trajan.

Lorsque les Romains conquièrent la Gaule, ils y trouvent des habitudes alimentaires peu raffinées. Seul le safran y est alors utilisé pour assaisonner les mets. Mais Rome y introduit bientôt ses propres usages culinaires qui s'y répandent rapidement, notamment l'usage du garum dans sa version parfumée à la cardamome, au cumin, à la menthe et au poivre. Quant aux vins, ils sont souvent aromatisés à l'absinthe.

Rome menacée par les Barbares, le poivre devient une nouvelle monnaie d'échange. Après le sac de 410, Alaric, roi des Wisigoths, exige que l'Empereur lui paie chaque année un tribut de 300 livres de poivre. Puis l'Empire romain s'effondre et le commerce des épices cesse brutalement en Occident. Constantinople prend alors le relais et, profitant du déclin d'Alexandrie, devient l'épicentre de ce marché. On dit qu'on y raffolait de la muscade.

Après un relatif déclin durant la période mérovingienne, les épices abondent de nouveau sur les tables des seigneurs et notables occidentaux, mais aussi, semble-t-il, dans certains monastères, comme le laisse penser Bède le Vénérable, célèbre théologien anglais qui abandonne, à sa mort en 735, une impressionnante collection d'épices et de substances voisines. La liste nous en est parvenue : poivre, sucre, raisins secs, lavande, anis, sarrasin, cannelle, girofle, cumin, coriandre, cardamome, cyperus, gingembre, gromic, réglisse, pruneaux.

Puis, dans le célèbre Capitulaire de Villis, faussement attribué à Charlemagne mais établi en réalité à la demande de son fils Louis, figure la liste de soixante et onze plantes à cultiver dans tous les domaines impériaux. Naturellement, les épices d'origine exotique en sont exclues, mais l'on y trouve l'anis, l'aneth, la sauge, le romarin, la sarriette, la menthe, le persil et la livèche.

Le grand nombre de jours maigres imposés par l'Église favorise la consommation du poisson, tandis que les huîtres, si appréciées des Romains, disparaissent complètement. Déjà à cette époque, la marée voyage. Pêchés dans la Loire, saumons et lamproies sont expédiés au loin dans une sorte de gelée parfumée de girofle, de gingembre et de diverses espèces d'herbes. Le poisson est ensuite accommodé sur les tables seigneuriales avec du persil, de la sauge, du vinaigre, du gingembre, de la cannelle, du poivre, de la girofle, des graines de paradis, du safran et de la noix de muscade.

Ainsi juge-t-on désormais son hôte à la finesse de ses mets et à la diversité de ses épices qui deviennent un véritable signe extérieur de richesse. Sous le règne de Philippe Auguste, Jean de Hauteville note :

« Entre les condiments, il préfère les plus coûteux ; car la dépense fait le mérite de la table et le prix des mets en augmente la saveur. Pour trouver des assaisonnements, pour rassembler des épices, on explore l'univers entier... »

Encore faut-il se souvenir que les mauvaises conditions de conservation des aliments et la relative pauvreté des produits disponibles expliquent aussi cet engouement. Sur la table du quidam, pois, fèves, légumes secs et racines constituaient alors l'essentiel de la nourriture. Faute de système de réfrigération, les viandes se gâtaient et les sauces épicées devaient en masquer le goût faisandé.

Il semble qu'à cette époque le gingembre domine, suivi par la cannelle, le safran, puis le clou de girofle. Présentes dans les sauces, mais aussi dans les confitures, les pâtisseries, les consommés, les dragées, les épices confèrent à ces différents mets leurs saveurs chaudes et brûlantes.

Dans un fameux ouvrage de Guillaume Tirel, dit Taillevent, cuisinier de Charles V, paru vers 1380, *Le Viandier,* figure un grand nombre de recettes toutes fort épicées. (Le titre du recueil prête aujourd'hui à confusion : jusqu'au XVIIe siècle, le mot *viande* désigne en effet les aliments en général ; il dérive du latin populaire *vivandia,* ce qui sert à la vie. De *vivandia* il nous reste la « vivandière », alias la cuisinière du régiment.)

Le Viandier, qui connaît un énorme succès avant même l'invention de l'imprimerie, mais surtout après, propose bon nombre de mets épicés, tels le brouet à la cannelle, les venaisons aux clous de girofle ou le consommé de poulaille au cumin.

En 1393 paraît un autre livre, *Le Mesnagier de Paris,* qu'un homme d'âge mûr rédige pour sa jeune épouse. De l'art de choisir judicieusement ses domestiques au souci d'accomplir ses devoirs religieux et conjugaux – les deux allant de pair –, l'auteur passe en revue tout ce qui permettra de conduire dans la paix et la sérénité la vie du ménage. Bien entendu, les recettes de cuisine ne manquent pas et les épices y tiennent une place prépondérante. La moutarde y apparaît déjà et on note qu'« en hiver, tomates et sauces doivent être plus fortes qu'en été ». L'auteur du *Mesnagier* innove en préconisant des mélanges d'épices desséchées que l'on allongera, le moment venu, par l'addition de verjus, de vinaigre et d'huile. Il n'y manque plus que la salade, dont la mode, introduite d'Italie, se propagera à la toute fin du Moyen Âge.

Dans les banquets, les vins aromatiques coulent à flots et l'hypocras, vin de cannelle, est souvent concurrencé par le vin au gingembre préconisé par Nostradamus, par ailleurs grand amateur de confitures. Par extension, les confitures sont aussi considérées bientôt comme des épices, de même que les confiseries, les compotes, les pains parfumés qui agrémentent les tables aristocratiques. Les croisades ayant amorcé l'entrée massive des épices exotiques sur les tables européennes, celles-ci occupent désormais tout le terrain. Viande, pain, vin, légumes, poisson, pâtisseries, tout est épicé. L'époque voit aussi apparaître le bien-nommé pain d'épice, à base de miel.

La Renaissance ne demeure pas en reste ; les mets épicés aux aromates d'Orient y tiennent toujours le haut du pavé. Les livres de recettes se multiplient ; les « lymassons qu'on dit escargots », les « es-crevisses », les « renouilles » et autres seiches n'y sont pas oubliés, toujours rehaussés de condiments appropriés.

Puis, au XVIIe siècle, apparaissent de grandes nouveautés : via l'Espagne, l'Amérique nous offre le chocolat ; d'Asie nous vient le thé, et d'Afrique le café.

Si les épices coûtaient cher aux cuisiniers et aux amateurs, elles enrichissaient en revanche la corporation des épiciers dont la profession fut sévèrement réglementée par une ordonnance édictée en 1484 par Charles VIII. Une stricte hiérarchie fut alors instaurée. Au sommet, les « pébriers souberants » (poivriers souverains), qui étaient des épiciers en gros ; ils régentaient les petits épiciers, les épiciers « ciergiers » et les épiciers apothicaires qui partageaient avec les premiers le droit de vendre épices exotiques et plantes entrant dans la fabrication des remèdes. Cette ambiguïté entretint pendant des siècles une rivalité sévère entre épiciers et apothicaires qui entendaient bien faire respecter leur propre statut, lequel, de siècle en siècle et de procès en procès, aboutit au monopole actuel des pharmaciens. Ainsi les apothicaires gagnèrent-ils successivement contre les chandeliers pour la vente du suif, contre les huiliers pour la vente de l'huile d'olive, contre les distillateurs pour la vente d'eau-de-vie, et même contre les vinaigriers et les fruitiers. Ils perdirent en revanche en 1777 la charge de vérifier les poids et balances, qui resta la prérogative des épiciers.

Quant à ces derniers, ils faisaient partie des six corps marchands, eux aussi soigneusement hiérarchisés, avec à leur tête les drapiers, puis les épiciers, les merciers, les pelletiers, les bonnetiers et les orfèvres. Devenir épicier n'était pas à la portée du premier venu. Pour acquérir le droit de vendre le moindre grain de poivre, la moindre écorce de cannelle, il fallait trois ans d'apprentissage et trois ans de compagnonnage. Après cette formation, le candidat au grade d'épicier prêtait serment en grande pompe devant le procureur du Roi et recevait ses titres de maîtrise revêtus de la signature des trois gardes apothicaires et des trois gardes épiciers, vénérables personnages équivalant à nos actuels présidents des conseils de l'Ordre.

Les apothicaires subirent un rude revers lorsque, le 11 juillet 1742, un arrêté établit entre les épiciers et eux une nécessaire coopération, ceux-là étant désormais autorisés à vendre non seulement les drogues simples, mais aussi les « grandes compositions foraines » telles que la thériaque, véritable panacée de l'époque, et le mithridate dont les vertus de contrepoison n'étaient plus à démontrer.

Épiciers et apothicaires étaient réputés pour leur âpreté au gain. Henri Leclerc nous rapporte qu'au XVe siècle, dans un *Mystère de la Passion,* deux personnages sont mis en scène, l'un épicier, l'autre appartenant au troisième corps marchand, le mercier : « On vient de descendre Jésus de la croix et il s'agit, pour l'ensevelir, de se procurer "un bon suaire et un bon oignement". Un mercier à qui Joseph d'Arimatie va demander le premier de ces objets, après avoir fait la nomenclature de tous les articles que contient sa boutique, offre un « sydoine », que Joseph accepte et dont il demande le prix. Mais le mercier, sachant que c'est "pour le prophète ensevelir" fait preuve d'autant de "dévocion" que de désintéressement en refusant tout paiement. Bien différente est la conduite de l'épicier chez lequel les saintes femmes sont allées chercher l'oignement : de même que le mercier, il commence par faire l'article en énumérant tous les produits qui se trouvent dans son officine. Puis il vante son "oignement", qu'il déclare "moult précieux" et doué de toutes sortes de vertus extraordinaires. Magdeleine a hâte d'en prendre possession, aussi ne songe-t-elle nullement à marchander. L'épicier lui demande ce qu'elle en veut faire… Apprenant que c'est pour oindre le corps de Jésus, il en fixe le prix à 20 livres tournois, ce qui représente une somme énorme. Magdeleine ne trouve pas que ce soit trop cher ; elle paie sans aucune observation[1]. »

Les épiciers s'enrichissaient, mais aussi les magistrats, notamment aux dépens des plaideurs, car il était d'usage au Moyen Âge d'offrir à ces derniers des présents de grand prix. Dès qu'ils avaient obtenu gain de cause, les justiciables les rémunéraient en épices, coutume qui ne tarda pas à dégénérer en abus, les juges ayant transformé ce qui n'était au départ qu'un cadeau offert par gratitude en une incontournable obligation. Lorsque,

---

1. Henri Leclerc, *Les Épices,* Masson, 1929.

au XVe siècle, un incendie ravagea le palais de justice de Paris, ce quatrain satirique circula :

> *« Certes, ce fut un triste jeu*
> *quand à Paris Dame Justice*
> *pour avoir mangé trop d'épices*
> *se mit tout le palais en feu… »*

Les épices étant des espèces – végétales, s'entend –, il était inéluctable que le paiement en épices finît par se transformer en paiement en espèces – sonnantes et trébuchantes, cette fois !

À partir du XVIIIe siècle, une nette évolution se fait sentir en faveur des condiments à base d'épices, mais de composition complexe. Dans le même temps, l'abus tend à diminuer et la saveur des mets à s'imposer d'elle-même. Les épices en quelque sorte se spécialisent : cannelle et gingembre, par exemple, sont désormais réservés aux seuls aliments sucrés.

Le XIXe siècle est marqué par l'œuvre de Brillat-Savarin qui consacre relativement peu de place aux épices. Tout se déroule comme si celles-ci étaient passées de mode, ce qui ne signifie nullement que la bonne chère ne fût pas toujours recherchée. Talleyrand, par exemple, en fait un argument de sa diplomatie ; son maître queux était particulièrement porté sur l'estragon, qu'il préférait aux épices exotiques. À peu près à la même époque, Napoléon faisait preuve au contraire d'une robuste rusticité, expédiant ses repas en un petit quart d'heure…

Aujourd'hui, si l'Orient continue à faire une énorme consommation d'épices – il suffit de vivre ou séjourner en Inde pour le constater –, l'Occident a quelque peu délaissé ces saveurs fortes, tant prisées au Moyen Âge. Ainsi, sauf exception, le vin a cessé d'être épicé, ce privilège restant réservé à certaines liqueurs et à tels ou tels apéritifs. De même le pain d'épice a conservé son attrait malgré un relatif discrédit déjà constaté par Henri Leclerc dans son ouvrage sur les épices daté de 1929.

Pourtant, au cours des toutes dernières décennies, la recherche du dépaysement, la curiosité pour les autres cultures ont relancé le goût des épices : dans les demeures et les appartements, rares sont désormais les cuisines qui ne s'agrémentent de la traditionnelle série de petits pots à épices qui firent le charme des commerces de jadis. Pour les amateurs d'exotisme que nous sommes, mais toujours très à cheval sur la « bonne bouffe », les épices sont de retour !

CHAPITRE II

Les anciennes routes des épices

Présentes dans les aliments, les remèdes, les mélanges destinés au culte, utilisées pour le plaisir, la santé et le sacré, les épices s'imbriquent si bien dans l'histoire des civilisations qu'il serait possible de réécrire la chronique des empires rien qu'en suivant les routes qu'elles empruntèrent.

Très tôt l'Égypte ancienne importe les épices utilisées tantôt en cuisine, tantôt pour la momification des cadavres et les rituels sacrés : l'encens et la myrrhe viennent de l'Arabie heureuse (le Yémen actuel) et de la corne de l'Afrique (la Somalie) ; la cannelle arrive déjà de l'Inde et de Ceylan. Très tôt aussi, en Extrême-Orient, les échanges entre la Chine, l'Inde et la Malaisie dessinent la première et la plus ancienne des routes des épices. Puis le commerce s'oriente vers l'Ouest, par terre et par mer, en direction de la Perse, de l'Arabie et du bassin de la mer Rouge. Les Égyptiens prennent alors le relais au sud et les Phéniciens au nord.

Atlas à l'appui, parcourons ensemble ces différentes routes.

En Occident, l'Afrique est la première destination des chasseurs d'épices. Neuf ans après son accession au trône, en 1481 avant notre ère, Hatshepsout, reine d'Égypte, envoie par la mer Rouge une expédition dans le mythique pays de Pount qui s'étendait le long du littoral jusqu'aux confins de l'Éthiopie et du Soudan actuels. À son retour, l'expédition, dont la relation est consignée sur des blocs de pierre du temple funéraire de la reine, ramène du bois d'ébène, de l'encens et de la myrrhe. Au cours de ce voyage hasardeux pour l'époque, les Égyptiens découvrent aussi girafes et rhinocéros dont les silhouettes sont soigneusement sculptées sur le tombeau de la reine. Par prudence, la navigation s'effectue le long de la côte ; les cinq navires, longs de 20 à 30 mètres et larges de 7 mètres, sont à rames et à voiles. On ne navigue que de jour ; chaque soir, la flottille rejoint le rivage où elle campe pour la nuit. Les navires parcourent ainsi leur millier de kilomètres entre le port de Koséir, à la latitude de Thèbes, et le pays de Pount. Comme le veut la coutume, les navigateurs offrent des présents au roi du pays de Pount et reçoivent en retour des anneaux d'or. Ainsi, dès l'origine, la quête de l'or va de pair avec celle des épices, et il en sera ainsi tout au long de leur commune histoire.

En Égypte, les épices jouent un rôle essentiel dans les rituels d'embaumement et de momification. Au Ier siècle avant notre ère l'historien Diodore de Sicile relate en ces termes les pratiques des embaumeurs égyptiens :

« Quand ils sont réunis pour traiter un corps après

qu'il a été ouvert, l'un d'eux enfonce sa main dans l'ouverture du cadavre jusque dans le tronc et extrait tout, sauf les reins et le cœur. Un autre nettoie chaque viscère en le lavant dans le vin de palme et les épices. Ils assaisonnent soigneusement le corps entier durant plus de trente jours, d'abord avec de l'huile de cèdre et certaines autres préparations, et ensuite avec de la myrrhe, de la cannelle et des épices, telles qu'elles ont la faculté non seulement de le préserver pour une longue période, mais aussi de lui donner une odeur parfumée. »

Pour s'approvisionner en épices, le pharaon Ramsès III (XIIe siècle avant notre ère) organise des expéditions maritimes plus aventureuses qui, après avoir parcouru la mer Rouge du nord au sud, longent la côte de la péninsule arabique, remontent le golfe Persique jusqu'à l'Euphrate, dont la vallée, au cœur des civilisations mésopotamiennes, est alors l'épicentre de la diffusion des épices et aromates. De là provenait la cannelle, l'épice orientale la plus anciennement citée. Mais de Mésopotamie et du port d'Aden venaient aussi le poivre, le gingembre, la cardamome, la girofle et la muscade en provenance d'Extrême-Orient et à destination du bassin méditerranéen. Ainsi s'esquissent les premières routes des épices.

Très tôt, sans doute, des caravanes chamelières remontent l'Indus, pénètrent en Afghanistan par les célèbres passes de Khyber, puis traversent la Perse antique jusqu'à la grande dépression de Mésopotamie. De là la route se poursuit par voie terrestre en remontant l'Euphrate jusqu'à la Turquie actuelle, ou par mer en contournant la péninsule arabique. Entre mer Rouge et Méditerranée, l'isthme de Suez exigeait une rupture de charge, les caravanes se substituant aux bateaux pour atteindre les rives de la grande bleue. La percée de l'isthme de Suez, réalisée bien plus tard par Ferdinand de Lesseps (en 1869), avait préoccupé de tout temps les souverains d'Égypte. Des projets avaient déjà fleuri dès le Ier millénaire avant notre ère, mais furent abandonnés par crainte de voir l'eau salée envahir les terres fertiles du delta du Nil. Puis, sous Ptolémée XIII, père de Cléopâtre, un port fut aménagé sur la rive occidentale de la mer Rouge, appelé Bérénice. De là les marchandises étaient acheminées par caravanes jusqu'à Alexandrie qui devint le centre du commerce des épices. L'une des portes de la ville s'appelait d'ailleurs la Porte du poivre.

Lorsque Rome prend le relais de l'Égypte pharaonique, la cité impériale devient le nouveau terminal du commerce des épices. Dans sa folle démesure, Néron fait brûler aux obsèques de Poppée, son épouse, tout le stock de cannelle importé de Ceylan en une année.

En fait, à son époque, un événement considérable vient de se produire : un capitaine grec, Hypalus, a réussi à joindre en un temps étonnamment court le détroit de Bab-el-Mandeb, au sud de la mer Rouge, à la côte de l'Inde. Il a en effet découvert l'orientation des vents de mousson qui permettent d'atteindre l'Inde à bonne vitesse lorsqu'ils soufflent de l'ouest, et d'en revenir de même lorsqu'ils s'inversent et soufflent alors de l'est. À partir de là, les navigateurs cessent de longer les côtes de la péninsule arabique, de la Perse, du Pakistan actuel et de l'Inde, pour couper directement par la haute mer. Le souvenir d'Hypalus est resté vif dans l'histoire de la navigation et sa mémoire fut associée par les Anciens aux dieux du vent, Éole et Zéphyr.

L'émergence de l'Islam donne une impulsion considérable à l'activité des marchands arabes dont les caravanes sillonnent les pistes du Moyen-Orient, assurant l'interface entre monde méditerranéen et monde asiatique. Le Prophète qui, tout jeune, avait suivi les caravanes et qui, plus tard, avait géré le commerce d'encens et de myrrhe de sa première épouse, Kadidja, était sans doute parfaitement au courant des secrets du mouvement des épices que les Arabes entendaient conserver jalousement. Bientôt les échanges commerciaux se développèrent en même temps que l'Islam s'implanta sur la côte ouest de l'Inde. Les relations avec la Perse s'intensifièrent également, et Omar Ier, deuxième calife de l'Islam, fonda en 635 – trois ans après la mort du Prophète – la ville de Bassorah, dans le delta commun à l'Euphrate et au Tigre, le Chatt Al-Arab.

Les aventures rocambolesques de Sindbad le Marin, relatées dans le récit de ses sept voyages en mer, épisodes hauts en couleur des *Mille et Une Nuits,* nous donnent une bonne idée de la manière dont les Arabes faisaient commerce dans l'océan Indien et en Asie du Sud-Est. Nous sommes alors sous le règne du calife Haroun al-Rachid, dans les toutes premières années du IXe siècle. Le riche Sindbad mène une vie de luxe et de plaisirs à Bagdad. Mais la nostalgie des voyages au long cours le saisit et le voilà qui s'embarque dans le port de Bassorah, el Basrah – aujourd'hui à plus de quatre-vingts kilomètres de la mer, mais donnant à l'époque directement sur le littoral ; entre-temps, les alluvions du Tigre et de l'Euphrate ont considérablement amputé le golfe Persique en se déposant dans cette cuvette résultant de leur confluence et formant un immense delta.

Sindbad était un homme prudent. Il n'embarquait qu'en compagnie de négociants qui « se proposaient de suivre la même route », tous « gens dont le caractère convenait au mieux », tant il est vrai qu'il est recommandé d'être d'humeur et de desseins compatibles pour s'aventurer des années durant sur le même bateau ! (Darwin en saura quelque chose, lui qui devra supporter le caractère exécrable du capitaine du *Beagle,* Fitzroy !) Le commerce exercé par les riches marchands de Bagdad n'avait en effet rien de « linéaire » ; il exigeait une bonne connaissance des sources d'approvisionnement et des besoins du marché. D'où l'importance des récits des voyageurs rencontrés ici et là dans les ports. D'escale en escale, le négociant apprenait quoi vendre et où le vendre, quoi acheter et où l'acheter. Les renseignements ainsi recueillis étaient si précieux que les copistes de Basrah en prenaient note et s'employaient ensuite à les diffuser moyennant finance.

Les marchandises achetées ou vendues « d'une mer à une autre, d'une terre à une autre, d'une île à une autre, d'un port de commerce à un autre [...], le cœur en joie et l'âme en paix », se présentent comme suit au fil du texte :

«... bois d'aloès, bois de santal, camphre, noix de muscade, clous de girofle, cardamome, cannelle, cubèbe, gingembre, diamant brut, nard indien, cinnamome, poivre, canne à sucre, or, pierres précieuses, noix de coco, aloès des Comores, perles, cristal de roche, pierres hyacinthes, ambre brut, musc... », sans oublier, bien sûr, les articles manufacturés – tissus, bijoux, bibelots précieux... – que les ateliers de Bagdad s'employaient ensuite à copier consciencieusement afin de les diffuser à moindre prix dans l'ensemble du monde musulman.

Ainsi, à l'issue des tractations menées tout au long de ses périples jusqu'en Inde, en Indonésie, en Chine et au Japon, Sindbad réussissait cet exploit de multiplier par dix la valeur de son fonds, celle des marchandises ne cessant de croître d'échange en échange.

Mais le récit des aventures de Sindbad le Marin évoque aussi les rokhs, ces oiseaux géants éclipsant de leurs ailes le soleil, ces serpents monstrueux, ces poissons énormes comme la baleine qui avala Jonas, ces cavernes creusées dans le ventre de la terre où l'on précipitait tout à la fois le mari mort ou l'épouse décédée et son conjoint survivant, ces tempêtes et ces naufrages sans nombre... Encore faut-il distinguer ici ce qui ressortit à la légende et à la fable et les renseignements précis que fournit Sindbad à propos des îles sur lesquelles il échoue, des ports dans lesquels il accoste, du négoce qui s'y pratique. Preuve que bien avant les Portugais et les Hollandais, le Arabes avaient de longue date découvert l'Extrême-Orient et ses secrets, tout comme les Vikings, à l'autre bout du monde, avaient abordé en Amérique bien avant Colomb.

Après la conquête de l'Égypte, les Arabes fondèrent en 969 une ville nouvelle : Le Caire, nom qui signifie « la Victorieuse ». Deux siècles plus tard exactement, le célèbre sultan Saladin – celui-là même qui mit fin au royaume chrétien de Jérusalem fondé par les Croisés

– créa au Caire un quartier ouvert aux marchands européens afin de développer le commerce – au premier chef, celui des épices – avec les grandes cités d'Europe occidentale. Le monde arabe lui-même faisait une grande consommation d'épices, non seulement pour relever l'alimentation, mais aussi pour leurs usages médicinaux.

Poussant de plus en plus à l'est, l'Islam se propage le long des routes de la soie déjà empruntées par le bouddhisme quelques siècles auparavant, pour atteindre la Chine.

Dès le IIe siècle avant notre ère, celle-ci exportait la soie, dont elle avait le monopole, par plusieurs routes caravanières traversant l'Asie. Les Chinois, qui avaient découvert très tôt l'art d'élever le ver à soie sur les mûriers, avaient jalousement conservé ce secret et menaçaient de la peine de mort quiconque l'aurait divulgué. En fait, ce secret ne fut connu qu'à partir du VIe siècle, lorsque les moines nestoriens s'en emparèrent et le divulguèrent dans l'Europe méditerranéenne. À partir de là, le ver à soie fut aussi élevé en Occident, ce qui n'empêcha cependant pas la soie chinoise d'aborder par voie terrestre Istanbul et Le Caire d'où elle était acheminée sur les grands marchés européens.

La « route de la soie », terme mythique créé seulement au XIXe siècle, recouvre en réalité plusieurs itinéraires partant de la ville de Xi'An, au nord-ouest de la Chine. Impraticable au XXe siècle en raison de l'inaccessibilité de la Chine communiste et des républiques islamiques de l'ex-Union soviétique, elle est à nouveau accessible aujourd'hui, comme l'a montré une récente expédition de l'UNESCO. Suivons-la au moins sur un de ces atlas grâce auquel il fait si bon voyager.

D'est en ouest, la route de la soie traverse d'abord le désert de Gobi, en Mongolie extérieure, puis contourne par le nord ou par le sud le terrible désert de Takla-Makan, l'un des plus sévères de la planète. Les deux itinéraires se rejoignent à Kashgar (Kashi), la ville la plus occidentale de la Chine, au cœur de l'Asie centrale. Puis elle traverse successivement les républiques aujourd'hui indépendantes de Kirghizie, du Tadjikistan, de l'Ouzbékistan et du Turkménistan, avec des étapes à Samarkand et à Boukhara, prestigieux témoignages de l'architecture musulmane, dont les mosquées comptent parmi les plus belles au monde. La piste s'étire dans les steppes d'Asie centrale à la maigre végétation et aux étés torrides. Mais les hivers glacés, attestant les rigueurs d'un climat ultracontinental, excluent la présence de toute végétation tropicale sous ces latitudes pourtant basses. Les saules et les peupliers y abondent, jalonnant le cours des rivières et des torrents, et marquent de leur omniprésence les paysages si caractéristiques de ces contrées. À Samarkand, l'itinéraire se dédouble à nouveau, une branche contournant la Caspienne par le nord, l'autre par le sud. Celle-ci, traversant la chaîne de l'Elbourz, pique sur Téhéran et Bagdad, puis traverse les déserts d'Irak et de Syrie jusqu'à Alep et la Méditerranée. La branche septentrionale traverse le Caucase, puis la Turquie, et se ramifie pour atteindre les grands ports méditerranéens.

Sur cette grande dorsale est/ouest reliant la Chine à la Méditerranée se greffe un axe plus méridional venant du Sud-Est asiatique par Calcutta, la vallée du Gange, l'Inde du nord, la passe de Khyber, l'Afghanistan, jusqu'à Méched, en Iran, où elle rejoint la route de la soie proprement dite. C'est par cet axe que circulaient les épices d'Asie. Soie et épices voyaient leur prix augmenter au fur et à mesure de leur progression vers l'Ouest, du fait des multiples octrois et péages prélevés par les potentats des régions traversées. Passant ainsi de main en main et de marchand en marchand, elles finissaient par aboutir dans les grands ports de l'Est méditerranéen où elles se négociaient à des prix hors de proportion avec leur valeur initiale.

Puis commençait l'aventure méditerranéenne des épices qui fut très tôt entre les mains des républiques rivales de Gênes et de Venise. Celles-ci surent tirer profit des croisades qui firent la fortune de leur flotte et de leurs négociants. Venise eut grand soin, au début, de ne pas s'engager directement dans les opérations militaires afin de ménager ses liens étroits avec les musulmans. Mais cette position devint rapidement intenable, et la Sérénissime dut finalement prendre part au conflit. Elle anéantit la flotte militaire égyptienne basée à Alexandrie ; dès lors, les doges, parvenus à l'apogée de leur prestige, maîtrisèrent toutes les routes commerciales tenues jusqu'alors par les puissances islamiques. Les galères vénitiennes à fond plat dominaient la Méditerranée. Tandis que l'Empire byzantin sombrait dans des querelles intestines et voyait son influence décliner peu à peu au profit d'un monde musulman en pleine expansion, les doges de Venise intriguèrent habilement pour porter aux Orientaux un coup fatal.

Grâce aux intrigues vénitiennes, la quatrième croisade se dirigea sur Constantinople, qu'elle prit le 5 juillet 1203. Le sac de la ville reste dans les annales comme l'un des pires de l'Histoire. Le sang coulait à flots, dit-on, dans les rues. L'Empire byzantin, passant sous le contrôle direct de Rome et de Venise, afflua alors en Occident un fabuleux butin composé d'une grande partie des richesses accumulées au long des siècles par Constantinople. Mais s'ensuivirent aussi une désorganisation du commerce des épices et une pénurie qui conduisit l'Espagne et la Provence à acclimater le safran dont la culture fut alors entreprise à grande échelle. Puis les circuits commerciaux se rétablirent et la domination de Venise s'affirma davantage encore lorsque, en 1380, par la bataille de Chioggia, elle finit par se débarrasser de Gênes, sa rivale.

Ce XIVe siècle vit aussi se manifester une nouvelle demande en épices liée à la grande épidémie de peste venue de la mer Caspienne qui annihila le tiers des habitants de l'Europe. Comme on pensait alors que la maladie se propageait par l'air, on estimait le purifier en brûlant aromates et épices ; cette thérapeutique, qui devait se perpétuer durant des siècles, augmenta encore la consommation de ces précieuses denrées. Le célèbre film de Luchino Visconti, *Mort à Venise,* inspiré du beau récit de Thomas Mann, témoigne de cette pratique.

Grâce à sa flotte de trois cents bateaux marchands, dont trente-cinq de fort tonnage, Venise assurait alors l'approvisionnement en épices de l'Europe entière. Dans les chantiers de son arsenal, plus d'un millier d'ouvriers s'affairaient à la construction de nouveaux bâtiments de commerce et de guerre.

Le XVe siècle marque l'apogée de la Sérénissime. En échange des épices et de la soie, l'or de tout le monde chrétien afflue vers la république des Doges. Avec l'expérience, les Vénitiens ont acquis un art consommé de la navigation et du commerce. Chaque année, sept grands convois marchands sont affrétés, les « sept galères » de Venise : d'Alexandrie, de Barbarie, d'Aigues-Mortes, de Roumanie, de Beyrouth, d'Égypte et surtout des Flandres – la plus périlleuse, car elle devait contourner Gibraltar pour atteindre l'Europe du Nord. Ces galères étaient riches en diverses marchandises. Celle d'Alexandrie ramenait chaque hiver deux mille cinq cents tonnes d'épices, réparties ensuite entre les galères d'Aigues-Mortes et de Flandre à destination de la France et de l'Espagne d'une part, de Londres et de l'Allemagne d'autre part. La galère d'Aigues-Mortes porta un coup sévère au commerce marseillais des épices qui remontait lui-même à la plus haute Antiquité. En effet, dès le IIe siècle avant notre ère, Massalia commerçait avec Alexandrie d'où elle importait poivre, gingembre, curcuma, cardamome et cannelle. Marseille tenta cependant de résister à la pression vénitienne et se montra si active que la galère d'Aigues-Mortes dut être supprimée entre 1465 et 1467. Mais elle reprit du service en 1468 et fonctionna régulièrement jusqu'en 1515. Puis, vers 1516, les premières épices portugaises arrivèrent à Marseille. Le monde avait changé. La roche Tarpéienne étant proche du Capitole, le temps de la domination vénitienne était désormais révolu. Une nouvelle page s'ouvrait dans l'Histoire du monde et de ses empires ; c'est Lisbonne qui allait en écrire les nouveaux épisodes.

CHAPITRE III

Les épices au temps des grandes découvertes

À partir de la Renaissance, la maîtrise des routes maritimes devient une sorte d'obsession qui s'empare tour à tour des grandes puissances européennes. L'Occident pousse toujours plus à l'est ses flottes et ses ambitions. À l'inverse, la navigation dans le sens est/ouest reste peu développée, comme on le voit par exemple dans le cas de la Chine.

Celle-ci se suffit à elle-même et se contente d'une navigation « moyen-courrier ». Pourtant, les Chinois ont inventé la boussole et le gouvernail, ainsi que des bateaux ayant jusqu'à sept mâts et mesurant cent trente mètres de long (la caravelle de Christophe Colomb ne mesurait, elle, que trente mètres). C'est avec de tels bâtiments que les navigateurs chinois livrent de grosses cargaisons de leurs fameuses porcelaines bleues vers l'Inde et le golfe Persique. Au XVe siècle, entre 1405 et 1433, sous la conduite de l'amiral Cheng-Ho, sept expéditions sont ainsi organisées vers l'Ouest. Il s'agit en fait de spectaculaires démonstrations de force et de prestige destinées à faire connaître avec éclat l'éblouissante civilisation de l'« empire du Milieu ». À chaque escale, les Chinois comblent leurs hôtes de cadeaux, moyennant reconnaissance complice de « l'abondance et de la générosité du royaume central »… mais aussi versement d'un tribut destiné à marquer leur admiration pour la Chine. Mais l'empereur Yung-Lo, qui a misé sur ces grandes expéditions maritimes pour étendre l'influence de la Chine dans l'océan Indien, est le seul souverain de la dynastie Ming à monter de telles entreprises. Ses successeurs ne le suivront pas dans cette voie et se replieront frileusement à l'intérieur de leurs frontières, fermant la Chine pendant des siècles aux influences étrangères. Et c'est le Portugal qui va désormais prendre l'initiative pour écrire à son tour une page grandiose de la fabuleuse histoire des épices.

Lorsque Henri le Navigateur, fils du roi Jean Ier de Portugal, naquit en 1399, Venise était à son apogée. Dans sa jeunesse, il participe à la première expédition organisée par des Européens contre les Maures sur leur propre territoire, l'Afrique du Nord. En 1415, le port de Ceuta, face à Gibraltar, tombe aux mains du roi Jean. Henri est nommé gouverneur de la ville et c'est là que prend forme sa vocation. À l'époque, on ne savait à peu près rien de l'Afrique occidentale, si ce n'est qu'elle produisait une graine étrange au goût poivré, la maniguette. D'où venait-elle ? On l'ignorait. Aussi l'appelait-on la « graine de paradis ». On savait simplement qu'elle parvenait par caravanes sur le littoral nord-africain, en Tunisie ou en Tripolitaine (l'actuelle Libye). Moins chère que le poivre d'Inde, elle avait conquis l'Europe au XIIIe siècle.

Henri a pressenti dès sa jeunesse les ressources de cette Afrique inconnue. Les mettre au jour, les exploiter au service de son pays et pour sa plus grande gloire, tel devient le but de sa vie ; il ne s'en écartera jamais.

Ceuta est reprise par les Maures en 1438. Entre-temps, Henri s'est installé à Sagres, sur l'extrême pointe méridionale du Portugal qui domine l'océan : le cap Saint-Vincent. Là, il crée ce qui ne s'appelle pas encore un centre de recherches, le dote d'une bibliothèque, aménage un port et un arsenal. Il rassemble en ce lieu tous les ouvrages de géographie disponibles, ainsi que cartes et planisphères, et s'entoure des meilleurs architectes navals, de marins génois, vénitiens et arabes, de cartographes, d'astronomes et de tout un aréopage de savants – une initiative originale qui fera date dans l'histoire du monde. À Sagres on compare, on analyse, on confronte toutes les connaissances de l'époque ; mais on construit aussi une flotte puissante destinée à affronter le mystérieux océan que ni les Vénitiens, ni les Grecs, ni les Romains, ni les Égyptiens n'ont encore osé explorer.

En fait, nul ne s'est aventuré au-delà du cap Bojador, au sud du Maroc. De sinistres légendes circulent, évoquant un immense désert sans eau ni arbre, qu'aucun humain ne saurait affronter, ni *a fortiori* traverser. Aussi plusieurs expéditions ont-elles déjà rebroussé chemin et il faut tout à la fois la patience et le don de persuasion d'Henri pour convaincre ses fidèles lieutenants de doubler à tout prix ce cap.

Les expéditions portugaises se succèdent tout au long du XVe siècle. Chacune rapporte des informations sur le tracé des côtes, le sens des vents et des courants, la faune et la flore, les habitants des pays visités. Les « chercheurs » de Sagres brassent ces renseignements, en tirent des leçons pour les expéditions futures, et dressent au fur et à mesure la carte de la côte occidentale de l'Afrique.

Henri le Navigateur meurt en 1460. En fait, lui-même n'a jamais navigué et, à sa mort, la côte africaine n'a été explorée que jusqu'au niveau de la Sierra Leone. Cent ans après sa mort, l'Anglais Samuel Purchase écrira à son sujet : « Il ne cessa jamais de poursuivre les découvertes, jusqu'au jour où il entra dans la Jérusalem céleste. Ses navigateurs n'ont exploré la côte que de Bojador à Sierra Leone, soit mille milles en cinquante années d'efforts et de dépenses. C'est que la découverte est une tâche bien difficile… »

Bien difficile, en effet, lorsqu'on dispose de points de repère aussi fragiles que ces deux palmiers croissant le long de la côte désertique et au-delà desquels, selon des esclaves mauritaniens jadis interrogés à Ceuta, coulerait un grand fleuve. Et, de fait, grande fut la joie d'Henri lorsque l'un de ses capitaines, de retour à Sagres, confirma ces dires : la découverte du fleuve Sénégal, et, au-delà, le royaume des hommes noirs : la Ginya (Guinée).

L'Afrique n'avait livré jusque-là que deux épices : le poivre à queue et la « graine de paradis », ou maniguette. Mais, pour le nouveau roi du Portugal, le but de ces explorations qu'il entendait poursuivre n'était pas seulement la découverte de l'Afrique, mais bien celle d'une nouvelle route vers les Indes, pays des épices. En 1471, les navigateurs portugais franchissent l'équateur et, seize ans plus tard, Bartolomeo Diaz arrive à ce qu'il pense être l'extrême pointe sud de l'Afrique, qu'il baptise « cap des Tempêtes » – mais le souverain la rebaptise à son tour « cap de Bonne-Espérance », puisqu'elle porte l'espoir de trouver enfin cette fameuse route maritime menant directement aux Indes. Diaz a accompli sa mission : il a navigué « vers le sud, et ensuite vers les pays où se lève le soleil, et cela aussi loin qu'il était possible de le faire ». En fait, une forte tempête déporte ses navires au-delà du cap de Bonne-Espérance. Le calme revenu, il a ensuite pointé vers l'est, sans plus rencontrer de terres. Pointant alors vers le nord, il retrouve la terre d'Afrique au « cap des Tempêtes » dont on sait aujourd'hui qu'il n'est pas l'extrême pointe du continent, celle-ci étant située plus à l'est, au cap des Aiguilles. On est le 3 février 1488. Diaz marque d'une croix de marbre, comme l'ont fait tous ses prédécesseurs le long de la côte africaine, le terme ultime de son voyage. Le Portugal contrôle désormais toute la côte occidentale de l'Afrique.

Lorsque Bartolomeo Diaz rentre triomphalement à Lisbonne, un capitaine génois, dont la gloire et la renommée vont bientôt éclipser celles des Portugais, Christophe Colomb, a tenté de convaincre le roi Jean II de découvrir la route de l'Asie par l'ouest. Mais le souverain, très engagé dans ses expéditions africaines, lui oppose une fin de non-recevoir. De surcroît, il lui paraît chimérique de suivre Colomb dans ses intuitions fondées sur les renseignements recueillis par Marco Polo à propos de la mythique île de Cipangu, l'actuel japon, dont on ne connaît l'existence que par ouï-dire.

Colomb est un homme résolu et entêté : puisque le Portugal refuse de s'engager, c'est au souverain espagnol qu'il fera ses propositions. Mais celui-ci, engagé dans la guerre contre les Maures de Grenade, a pour l'instant d'autres chats à fouetter. Patient, le Génois insiste et attend. Sa patience finit par être récompensée et, en 1492, il aborde le Nouveau Monde, certain d'avoir découvert une nouvelle route vers l'Asie. Toutefois, les résultats matériels de cette première expédition se révèlent décevants : ses caravelles rentrent à Barcelone sans or et sans épices.

Si l'exploration ultérieure du continent américain va rester relativement décevante pour ce qui est des épices, pour l'or ce sera une tout autre affaire !

À Hispaniola, l'actuelle Haïti, les compagnons de Colomb repèrent une épice aussi forte que le poivre, qu'ils baptisent du nom de *pimienta* : le piment. Plus tard, Cortès découvre la vanille. C'est tout pour les épices. Les laborieuses recherches de cannelle sur le Nouveau Continent, menées par plusieurs botanistes, notamment le Français Joseph de Jussieu au XVIIIe siècle, n'aboutiront qu'à des échecs[1].

Pourtant, Christophe Colomb avait bien cru avoir découvert les Indes et, du même coup, les épices. Lors de son premier voyage de retour, il avait chargé sa caravelle de nombreux échantillons de plantes, mais ceux-ci pourrirent en cours de route, et il fallut les jeter à la mer. À terre, il se targua néanmoins de la richesse

1. Voir à ce sujet mon ouvrage *La Cannelle et le Panda,* Fayard, 1999.

en épices des terres découvertes, ce en quoi il se trompait…

Un an après le retour de Colomb, les deux puissances d'alors, l'Espagne et le Portugal, se partagent le monde, avec la bénédiction du pape Alexandre IV, par le traité de Tordesillas qui trace, à trois cent soixante-dix lieues à l'ouest des îles du Cap-Vert, une ligne de partage : à l'Espagne, l'Ouest ; au Portugal, l'Est. Ce qui va amener ce dernier pays à pousser plus avant ses explorations du continent africain et de la route orientale des Indes. Les négociations furent âpres et laborieuses. Les trois plénipotentiaires portugais et leurs homologues espagnols avaient conscience des fabuleux enjeux de leur négociation. Tel fut en tout cas l'avis d'un garçon qui rencontra les six délégués au cours d'une promenade et les apostropha avec un sourire narquois : « Alors, c'est vous qui êtes en train de vous répartir le monde ? » De fait, ses richesses allaient leur revenir équitablement : l'Ouest rapporterait l'or aux Espagnols ; l'Est, les épices aux Portugais.

Le 8 juillet 1497, le capitaine Vasco de Gama appareille à Lisbonne pour rechercher à nouveau la route orientale des Indes. Il a embarqué avec lui des condamnés à mort à titre de serviteurs, mais leur véritable mission consistera à prendre les tout premiers contacts avec les populations indigènes rencontrées aux escales ; si l'un d'eux est alors agressé ou tué, il n'aura que ce qu'il mérite ; en revanche, s'il revient au navire, on lui accordera la vie sauve, à condition toutefois qu'il reste dans le pays visité pour y défendre la cause du Portugal et de la religion jusqu'au retour de la flotte. Dix-huit de ces condamnés ont été choisis pour leur connaissance de la langue arabe ou d'autres idiomes parlés en Afrique occidentale. La flotte comporte trois navires identiques ; leurs équipements étant interchangeables, les pertes ou avaries survenues à l'un d'eux pourront être compensées par des éléments prélevés sur l'un des deux autres. On embarque également quantité de vivres pour l'effectif total embarqué de cent quatre-vingts hommes. Pour chacun, la ration quotidienne est strictement fixée : une livre de bœuf ou une demi-livre de porc, une livre et demie de biscuits, un litre et quart d'eau, trois quarts de litre de vin, un vingtième de litre de vinaigre et un quarantième de litre d'huile. On emporte également des cadeaux destinés aux populations rencontrées qu'on sait friandes de miroirs, de clochettes et autres colifichets. Mais on s'approvisionne aussi en draps, velours et autres étoffes en vue d'honorer les souverains de la côte occidentale de l'Inde que l'on compte fermement découvrir.

Jean II étant décédé peu après la ratification du traité de Tordesillas, c'est le roi Manuel qui donne le signal du départ à la flotte portugaise. Le discours qu'il tient à cette occasion est resté célèbre ; il y évoque cette « très utile et honorable entreprise, digne de la plus grande gloire, celle de Dieu !... La foi en notre Seigneur Jésus-Christ sera portée à ceux qui ne la connaissent pas... » Ces prémisses d'ordre spirituel étant posées, il convient d'en venir aux aspects plus matériels de la mission. Le roi Manuel cite alors Marco Polo qui a si bien décrit les fabuleuses richesses de l'Orient, « richesses qui ont procuré à Venise, à Gênes et à Florence la puissance et la grandeur ». Puis, sous la protection des archanges dont ils portent les noms, le *Saint-Michel,* le *Saint-Gabriel* et le *Saint-Raphaël* appareillent sous les yeux du roi qui les a accompagnés à bord d'un canot.

La navigation se passe sans encombre jusqu'au sud de l'Afrique où la flottille essuie un ouragan épouvantable. Après Bartolomeo Diaz, Vasco de Gama découvre la fureur des mers australes. Épouvantés, les marins supplient le capitaine de rebrousser chemin ; celui-ci ne cède point et voici que dans la brume apparaît soudain la grande montagne tabulaire que Diaz avait décrite et qui surplombe aujourd'hui, sous le nom de Montagne de la Table, la ville du Cap. La joie de tous confine au délire. Les équipages retrouvent la croix élevée par Diaz et poursuivent alors leur navigation vers l'est.

Lorsque la terre est à nouveau en vue, le 25 décembre 1497, ils la baptisent, en l'honneur de Noël, *Terre de Natal.* Vasco de Gama vient de dépasser l'extrême limite des terres connues ; il doit alors déjouer par la ruse le complot de ceux qui souhaitent à tout prix rebrousser chemin. Pour cela, il convoque sur son navire les pilotes et navigateurs des deux autres bateaux, munis de leurs cartes et instruments de navigation. Puis il précipite le tout à la mer : désormais, il est seul maître de l'expédition et toute marche arrière devient impossible aux deux navires qui l'accompagnent et qui n'ont plus les moyens d'assurer une navigation autonome.

Mais voici qu'un nouvel ennemi surgit, redouté par tous les navigateurs engagés dans des courses lointaines : le scorbut. Les dents disparaissent sous les gencives tuméfiées, dégageant une repoussante odeur de putréfaction. Impossible de se nourrir et, pour diminuer la tension dans ces chairs gonflées ou gangrenées, aussi bien sur les jambes que dans le dos, de douloureuses incisions s'imposent. Trente matelots meurent de cette horrible maladie dont on sait déjà à l'époque qu'elle est due au manque de légumes frais et dont on sait aujourd'hui qu'elle est imputable à une carence en vitamines, notamment en vitamine C. Une escale décidée à la hâte permet aux navigateurs de s'approvisionner en légumes et en fruits, si bien que les malades les moins atteints se rétablissent promptement. On profite de cette halte dans l'estuaire de la rivière des Bons Signes pour réparer les navires dont l'un doit être abandonné vu son état de délabrement. Quelques jours plus tard, l'expédition accoste un frêle esquif manœuvré par un Maure et quelques Noirs. Le Maure est invité à monter à bord. Il s'agit d'un habitant de Cambay, en Inde, courtier en épices. Des relations amicales s'établissent avec ce « bon Maure » du nom de Davane qui, bon connaisseur de l'océan Indien, rend bien des services à Vasco de Gama.

On fait ensuite escale à Mozambique où l'arrivée des Portugais éveille aussitôt la suspicion du cheikh local. C'est alors que s'illustre le « bon Maure » Davane qui, parlant la langue locale, sait déjouer ses funestes desseins. Conformément aux dispositions prises au départ, on laisse à Mozambique un condamné à mort parlant l'arabe ; du nom de Jean Machado, il a mission de créer des liens d'amitié entre les populations locales et les Portugais, ce dont il va s'acquitter parfaitement. On esquive l'escale de Mombasa où, le « téléphone arabe » fonctionnant, l'arrivée des Portugais a été annoncée, suscitant de fortes réticences. Et l'on fait une nouvelle escale à Malindi, sur la côte de l'actuel Kenya. L'accueil du potentat local est chaleureux. On le reçoit à bord en grande pompe ; il s'émerveille devant les délicats ustensiles de cuisine utilisés par les Portugais, en particulier la fourchette, qu'il ne connaît pas mais qu'il manie avec aisance. Complètement acquis à la cause des Portugais, le roi les confie à un pilote arabe chargé de les accompagner jusqu'en Inde.

On navigue durant vingt-trois jours, puis le grand moment arrive : Calicut, sur la côte occidentale de la péninsule indienne, la fameuse côte de Malabar ou côte des Épices, est en vue ! Reçus en audience par le potentat local, les Portugais s'émerveillent du luxe rencontré à la Cour. Assis sur des coussins de drap d'or, sous un baldaquin de soie, le monarque porte des vêtements brodés d'or et ornés de rubis. Ils découvrent que Calicut est plus grande que Lisbonne. Ducats vénitiens et pièces d'or égyptiennes y sont monnaies courantes et l'on vend les épices au quintal ! Le musc et la rhubarbe sont les plus chers, avant les clous de girofle, la cannelle, la muscade, le poivre et l'encens, le gingembre figurant en dernière place dans l'échelle des prix. La cannelle provient d'une île distante de cent soixante lieues au sud (Ceylan), et les clous de girofle viennent de plus loin encore, des Moluques.

L'arrivée des Portugais ne passe pas inaperçue, et les Arabes craignent pour leur monopole ; on ne vend donc à Vasco de Gama que des épices de médiocre qualité, payées rubis sur l'ongle. Le bon Maure « proteste vigoureusement contre la mauvaise qualité du chargement », mais ce qui importe avant tout aux Portugais, c'est de prouver à leur retour qu'ils ont bien vogué jusqu'au pays des épices. Quant aux habitants de Calicut, étonnés que de si médiocres épices soient fourguées à si bon prix, ils en déduisent que lesdits Portugais ne peuvent être que des espions.

Vasco de Gama quitte Calicut le 20 novembre 1498. Le voyage de retour se déroule sans encombre, jalonné de quelques escales, et, le 18 septembre 1499, les vaisseaux chargés d'épices accostent à Lisbonne. Les navigateurs sont accueillis dans une liesse extraordinaire – disons les survivants, car les deux tiers de ceux qui sont partis deux ans et deux mois auparavant ont trépassé au cours du voyage. Non sans une certaine ironie, le roi Manuel informe alors les souverains espagnols de cet exploit qui vient rétablir l'équilibre entre les deux puissances après le voyage à l'Ouest de Colomb. Il se désigne lui-même comme « le roi de la conquête, de la navigation et du commerce pour l'Éthiopie, l'Arabie, la Perse et l'Inde ».

À compter de cette date, les deux puissances de la péninsule Ibérique se partagent effectivement le monde. L'or du Pérou va enrichir fabuleusement l'Espagne, tandis que le Portugal va s'arroger le monopole mondial du commerce des épices. Car Lisbonne n'entend évidemment pas en rester là. Six mois à peine après le retour de Vasco de Gama, le roi Manuel dépêche vers Calicut une nouvelle flotte de treize bâtiments, sous les ordres de Pierre Alvarez Cabral. Cette fois, quinze cents soldats sont embarqués, ainsi que dix-sept ecclésiastiques ; l'alliance du trône et de l'autel projette d'exporter la foi catholique aux Indes lointaines.

Ce deuxième voyage va avoir des conséquences inattendues. Naviguant trop à l'ouest dans l'Atlantique, Cabral finit par découvrir une terre inconnue qu'il baptise « terre de Santa Cruz ». Il s'agit en fait du Brésil. Comme cette terre se situe à l'est de la ligne de démarcation fixée par le traité de Tordesillas, elle est *ipso facto* attribuée au Portugal. Puis l'on se dirige vers le cap de Bonne-Espérance où, comme ce fut le cas pour les deux prédécesseurs, Diaz et Gama, une tempête épouvantable éparpille la flotte dont quatre bâtiments font naufrage. Bartolomeo Diaz, sur l'un d'eux, disparaît ainsi au large du cap qu'il avait baptisé à bon escient « cap des Tempêtes » et qu'il avait été le premier à franchir.

La flotte portugaise est accueillie en grande pompe à Calicut. Conformément à la mission confiée par le roi Manuel, le radjah musulman est invité à établir des relations commerciales directes avec le Portugal et à interdire la poursuite des activités des marchands arabes. En échange, le Portugal s'engage à pourvoir Calicut de tous les biens et marchandises fournis jusque-là par les Arabes et à un prix moindre. Les Arabes montent aussitôt une cabale contre les Portugais, et Cabral, sentant qu'il ne pourra imposer sa volonté par la force, se replie à Cochin où il obtient gain de cause.

Puis l'offensive portugaise contre les Arabes s'intensifie. Deux nouvelles missions sont dépêchées en Inde, la seconde à nouveau commandée par Vasco de Gama.

Ce voyage-ci dure moins d'un an. Gama en rapporte une somptueuse idole en or de soixante livres, et une énorme cargaison d'épices.

En 1506, une nouvelle flotte de seize vaisseaux, commandée par Tristan da Cunha[1], est dépêchée en Inde. À bord, Alphonse d'Albuquerque, qui va finir d'affirmer la suprématie du Portugal dans l'océan Indien, au grand dam de Venise et du sultan d'Égypte, dépossédés d'un monopole millénaire.

Mais le Portugal pousse encore son avantage : Malacca est conquise et, avec elle, la maîtrise du précieux détroit qui permet à Lisbonne de contrôler l'accès aux îles de la Sonde. Plus à l'est encore, les Portugais découvrent dans l'archipel des Moluques, sur les îles de Banda et d'Amboine, les arbres porteurs des précieux clous de girofle et des noix de muscade dont nul, jusque-là, ne savait en Occident la provenance.

Dès 1513, les Moluques fournissent à Lisbonne cent quintaux de muscade. Désireux d'entretenir d'excellentes relations avec la papauté, le roi Manuel dépêche alors à Rome une somptueuse ambassade menée par Tristan da Cunha. De riches présents sont offerts au pape Léon X, dont un éléphant, deux léopards et une panthère. Les chroniques rapportent que l'éléphant s'agenouilla devant le souverain pontife et le salua respectueusement… avant d'asperger copieusement les assistants avec sa trompe, ce qui eut l'heur de beaucoup plaire à Sa Sainteté, laquelle, friande de plaisirs cynégé-

1. Ce capitaine a laissé son nom à l'une des îles les plus isolées de l'Atlantique Sud.

tiques, s'offrit en outre le divertissement de lancer une panthère contre une malheureuse gazelle.

Un jeune Portugais, Fernand de Magellan, ancien page de l'épouse du roi Jean II, va bientôt prendre le relais des grands navigateurs de son pays. Il reprend à son compte les idées de Colomb et pense pouvoir un jour, si le roi lui confie cette mission, atteindre les Moluques en naviguant vers l'ouest ainsi que l'avait imaginé le découvreur d'Hispaniola. Mais Magellan tombe en disgrâce au Portugal et réédite l'exploit, après Colomb, de se faire accepter et missionner par l'Espagne où le jeune Charles Quint lui accorde sa confiance.

À la tête d'une flotte de cinq navires, Magellan appareille le 20 septembre 1519. Le roi Manuel s'en trouve fort contrarié et décide d'employer la force pour l'empêcher de gagner les Moluques : il donne l'ordre au vice-roi des Indes d'aller le combattre sur place au cas où il atteindrait l'archipel de la girofle et de la muscade.

Le voyage de Magellan est l'un des grands morceaux de bravoure de l'histoire de la navigation. Il nous a été rapporté dans le détail grâce au journal tenu par Antoine Pigafetta et destiné au pape.

Magellan découvre au sud du cône latino-américain le détroit qui porte son nom, et est le premier navigateur à traverser le Pacifique. Il aborde les Philippines en février 1521, mais y perd la vie deux mois plus tard sur une plage, massacré par des indigènes. La flotte espagnole poursuit sa route malgré de multiples avanies et dans des conditions telles que « la sciure de bois et les souris étaient un régal »… Elle atteint les Moluques en novembre, charge des cargaisons de girofle et de muscade, puis continue en contournant l'Afrique. Au terme de ce premier tour du monde, un seul navire, avec dix-huit survivants à bord, réussit à regagner l'Espagne en septembre 1522, déjouant la vigilance des Portugais.

S'ensuit une vive tension entre les deux pays. Charles Quint propose alors un échange : les Moluques contre le Brésil. Jean III s'oppose à cette transaction. Charles Quint passe outre et expédie plusieurs missions aux Moluques. La situation menace de s'aggraver, quand le futur empereur recule : son couronnement doit en effet avoir lieu en Italie où l'événement va revêtir une solennité exceptionnelle ; il va en coûter énormément d'argent, si bien que le monarque se résout à abandonner les Moluques et le commerce des épices aux Portugais. Les marchands espagnols protestent vigoureusement, offrant à Charles Quint de rembourser le montant de la somme prévue pour cette transaction, inacceptable à leurs yeux. Mais l'empereur refuse tout net et, pour mettre un terme à cette affaire, consent finalement à vendre les Moluques au Portugal. Lisbonne recouvre ainsi tous ses droits sur l'archipel tout en conservant le Brésil où l'on continue aujourd'hui à parler le portugais.

Mais le Portugal doit faire encore face à d'autres compétiteurs. En fait, ses marins n'ont pas été les seuls à croiser le long des côtes africaines. Très tôt, de hardis navigateurs dieppois ont tenté l'aventure et rapporté de la maniguette et de l'ivoire du littoral guinéen. Il semblerait même qu'ils aient franchi le cap de Bonne-Espérance avant Bartolomeo Diaz, atteignant l'extrême pointe sud de l'Afrique qu'ils nommèrent « les

Aiguilles ». Mais aucune publicité ne fut faite au sujet de ces expéditions affrétées par de simples marins, et, comme il advient souvent dans l'Histoire, le mérite des découvertes ne leur fut pas reconnu. C'est alors que le scénario développé avec l'Espagne se reproduisit avec la France. François Ier, qui avait emprunté une forte somme au roi du Portugal, se trouvait dans l'embarras, n'ayant pas les moyens d'honorer sa dette. Il propose alors de contraindre les navigateurs français à renoncer à leur commerce sur la côte occidentale d'Afrique. Le roi Jean III se félicita de cette initiative vigoureusement contestée par les Dieppois…

L'Espagne et la France éliminées de la compétition pour les épices, restent les Anglais. Ceux-ci n'ont guère plus de chance. À leur crédit s'inscrit la brillante épopée du corsaire Francis Drake qui, avec l'accord secret de la reine Elizabeth, première du nom, entreprend le 15 novembre 1577 un tour du monde avec pour mission de revenir les cales chargées d'épices. Drake parvient jusqu'aux Moluques par le détroit de Magellan, coule un navire portugais, dépouille des vaisseaux espagnols chargés d'épices, et conclut un accord avec le roi de Ternate, une des îles de l'archipel productrices de girofle et de muscade. De retour en Angleterre, il bénéficie d'un grand renom, les Anglais le qualifiant de « maître voleur du monde inconnu ». L'accord passé avec le roi de Ternate cause une vive satisfaction à la reine Elizabeth, même si les effets positifs de cette initiative ne porteront leurs fruits qu'à très long terme. En 1580, en effet, le Portugal est réuni à l'Espagne, le roi Philippe II se retrouve à la tête du plus grand empire du monde ;

la puissance de Madrid étant à son apogée, pour l'Angleterre aussi il va falloir attendre.

Quant aux Pays-Bas, alors nommés Provinces-Unies, ils ont autoproclamé leur indépendance en 1579 au grand dam de la Couronne espagnole. En représailles, Philippe II décide d'interdire tout négoce avec eux. Les marchands hollandais avaient coutume de s'approvisionner à Lisbonne et de distribuer en Europe du Nord épices et autres denrées précieuses rapportées par les flottes portugaises. L'embargo les frappant les amène à entrer en lutte ouverte avec les Espagnols. Ils envisagent d'envoyer une flotte aux Indes au nez et à la barbe du maître de « l'empire sur lequel le soleil jamais ne se couche ».

Les Portugais ont jalousement conservé le secret des routes maritimes dont ils ont dressé les cartes, celles-ci ne devant être divulguées à quiconque sous peine de mort. Pourtant, un haut dignitaire espagnol réussit à vendre au prix fort vingt-cinq de ces cartes à un libraire hollandais qui les reproduit à ses frais. Une seconde trahison vient conforter la position hollandaise : comme militaire, puis comme négociant, Cornelis Houtmann a vécu plusieurs années au Portugal ; il a même voyagé en Inde ; de retour aux Pays-Bas, il est promu d'emblée chef de la première expédition néerlandaise sur la route convoitée des Indes. Pourtant, celle-ci n'aboutit pas et, sur les deux cent cinquante marins embarqués, quatre-vingt-dix reviennent au pays, sans épices, les marchands portugais ayant réussi partout à soulever les indigènes contre les nouveaux venus.

Mais les protestants des sept Provinces, liguées sous

la bannière de Guillaume d'Orange, ne s'en tiennent pas là. De nouvelles expéditions sont affrétées dès l'année suivante par une compagnie fondée par les riches commerçants hollandais : la « Compagnie des pays lointains ». Cette fois, les navires vont rentrer au pays chargés de riches cargaisons d'épices. D'autres compagnies vont voir le jour, puis toutes fusionneront pour donner naissance en 1602 à la très célèbre Compagnie hollandaise des Indes orientales. Les Espagnols se trouveront alors confrontés à une nouvelle puissance qui n'hésitera pas à les narguer dans leurs lointaines possessions difficilement contrôlables, sans cesse harcelées par les corsaires et les pirates.

La montée en puissance des Hollandais est irrésistible. Amsterdam devient la capitale d'un grand empire colonial. Après avoir évincé les Portugais des Moluques, les Pays-Bas instaurent leur souveraineté sur Java et fondent la ville de Batavia – l'actuelle Djakarta – devenue capitale des Indes néerlandaises.

La France et l'Angleterre voient naturellement d'un mauvais œil l'émergence de cette puissance hollandaise et fondent à leur tour de puissantes compagnies : celle des Indes à Londres en 1600, et, beaucoup plus tard, la Compagnie des Indes orientales créée par Colbert au début du règne de Louis XIV, en 1664. Mais aucune ne parvient à entamer la domination hollandaise sur le monde des épices. Aussi les Anglais préféreront-ils développer avec la Chine le commerce du thé et de l'opium, tandis que les Français, dans leurs comptoirs de l'Inde, à Pondichéry ou à Chandernagor, négocieront la soie, le riz et le café.

Pendant ce temps, soucieux de maintenir leur monopole, les Hollandais se livrent aux Moluques à une politique coloniale intransigeante. Muscade et girofle sont en effet, à l'époque, les épices les plus recherchées et les plus chères ; or elles ne poussent que sur les îles de cet archipel. Comme il est impossible de contrôler une pareille multitude d'îles et d'îlots, ils concentrent la production de ces deux précieuses denrées sur quelques terres. Ainsi la muscade ne sera cultivée que sur les îles Banda, et la girofle à Amboine. Partout ailleurs, ces « arbres épiciers » sont impitoyablement détruits de façon à maintenir les cours au plus haut. Les Hollandais s'arrangent même pour maintenir sur le marché une offre limitée, soit quelque six cent cinquante mille livres de noix chaque année au cours du XVIIe siècle. Les pourparlers avec les indigènes n'excluent pas le recours à la ruse ou à la force, et tous les moyens sont bons pour conserver ce monopole, voire le renforcer. Ainsi Bougainville, dans son *Voyage autour du monde,* rapporte-t-il que le roi de Ternate se vit offrir une somme de vingt mille rixdalers pour organiser la destruction de tous les muscadiers et girofliers de son île. Enfin, là où ils n'ont pu obtenir la destruction des arbres, les Hollandais en achètent les feuilles, sachant qu'après ce dépouillement, les arbres périront.

L'île d'Amboine était tenue par une garnison hollandaise, et un fort la protégeait. Des militaires parcouraient la côte et des navires patrouillaient autour des îles. D'autres détachements surveillaient la destruction des arbres quand ils avaient repoussé parmi les forêts dévastées. Cette destruction massive des arbres à épices sur plusieurs îles des Moluques a naturellement un effet sur l'écologie locale, notamment sur le climat de ces îles volcaniques qui s'assèche partiellement. Il faut par ailleurs déjouer le libre essor des oiseaux qui transportent les graines de muscade et les fruits du giroflier d'une île à l'autre, narguant la surveillance des gardes hollandais et essaimant à leur guise…

La destruction massive des arbres après défoliation plonge les populations indigènes dans la misère. Pis encore : les Hollandais, se méfiant d'eux, aggravent leurs conditions de vie en important des esclaves pour cultiver les plantations qu'ils entretenaient. Ces fermes à épices sont cédées à bon prix à d'anciens soldats à condition que toute la récolte soit vendue à la Compagnie hollandaise à un tarif fixé par celle-ci qui fournit en échange matériel, vivres et main-d'œuvre. On a pu écrire que jamais amant n'avait gardé aussi jalousement sa maîtresse que les Hollandais ne faisaient des girofliers d'Amboine…

Un amour exclusif, puisque les Hollandais faisaient de surcroît courir le bruit que muscadiers et girofliers ne pouvaient croître et se développer que dans le seul archipel des Moluques. En outre, les noix sont traitées au lait de chaux afin de supprimer leur pouvoir germinatif – précaution en réalité superflue, car une simple exposition au soleil pendant quelques jours suffit à produire le même résultat…

Tout vol de graines ou de boutures, toute plantation non contrôlée ou non autorisée sont punis de mort. Pour s'assurer l'absolue maîtrise des cours, les Hollandais organisent par ailleurs la régulation du marché et procèdent à des stockages prolongés. Ainsi, la récolte de 1734, particulièrement abondante, ne sera mise en vente qu'en 1760. S'il le faut, on brûle aussi les stocks. À Batavia, il arrive que des récoltes entières soient détruites par le feu. Les bûchers s'allument et c'est un spectacle fort prisé : atmosphère parfumée par l'émission massive des huiles essentielles, scintillements et crépitements de leur combustion…

C'est ici que la France fait son apparition avec un personnage hors du commun : Pierre Poivre.

CHAPITRE IV

Pierre Poivre, le voleur d'épices

Sa vie est un roman aux multiples rebondissements, et pourtant Poivre est d'abord un savant botaniste, un « savanturier » en quelque sorte. Un roman qui finit bien : très amoureux de sa femme, il réussira à voler les épices aux Hollandais, même s'il doit y laisser une main, emportée par un boulet de canon.

Pierre Poivre, au nom prédestiné, est né le 23 août 1719 à Lyon. Bien qu'il se dise fils de soyeux, ses parents étaient de modestes merciers, tenant peut-être d'un lointain ancêtre épicier ce nom prédestiné. À quatorze ans, il entre chez les frères missionnaires de Saint-Joseph, à la Croix-Rousse. À vingt ans, il est novice aux Missions étrangères de la rue du Bac, à Paris. À vingt et un ans, il part pour l'Orient, conformément à la vocation de cet ordre religieux. Le voici embarqué dans un de ces longs voyages en mer au cours duquel, comme à chaque fois, les marins sont décimés par le scorbut, perdant leurs dents avant de perdre la vie ; la traversée voit ainsi fondre en cours de route le nombre de ses participants.

Poivre arrive en Chine mais, à peine débarqué, se retrouve en prison où il apprend la langue, ce qui lui permet de plaider sa cause et d'être libéré. Il se retrouve successivement à Canton, à Macao et jusqu'en Cochinchine. Mais les Chinois ne se laissent pas facilement christianiser et le bilan de son entreprise d'évangélisation lui paraît dérisoire. Il est vrai que lui-même n'y met pas un zèle très ardent. Poivre s'intéresse surtout aux nourritures terrestres : le riz de montagne ne contribuerait-il pas à nourrir nos colonies ? Et ces fameuses épices, ne pourrait-on pas les cultiver sur nos propres terres ? Mais, pour ce faire, il faudrait tromper la vigilance des Hollandais et casser leur monopole sur ces « épiceries fines ».

Ces idées trottent dans la tête du jeune novice dont la vocation religieuse semble reléguée au second plan, tant et si bien que son supérieur finit par l'exclure de la congrégation et le renvoie en France. Il sera désormais botaniste et explorateur au terme de ce bref épisode religieux, un peu comme Tournefort, Linné, Antoine de Jussieu et tant d'autres naturalistes – y compris le grand Darwin –, d'abord promis à la carrière ecclésiastique.

Pierre Poivre embarque sur un bâtiment de la Compagnie française des Indes à destination de l'Orient. Il a vingt-cinq ans et possède déjà un bel herbier, ainsi que de nombreux documents amassés au cours de ses précédents voyages. Mais la France est en conflit avec l'Angleterre : c'est la guerre de Succession d'Autriche. Le navire est attaqué par un vaisseau britannique, le combat fait rage et, sur le pont, le jeune Français s'affaire au chevet des blessés. Soudain, un choc à la main, suivi d'une vive douleur. Il regarde. Sa main n'est plus là : reste un moignon d'où coule un flot de sang.

Il perd conscience et se réveille à bord d'un bateau ennemi où un chirurgien barbier s'affaire à le recoudre. Pierre Poivre se remet. Pour lui, cet incident met un terme définitif à sa carrière religieuse : « Je ne pourrai plus jamais bénir... » (À moins qu'il n'ait dit : « Je ne pourrai plus jamais peindre... » ; les deux versions sont accréditées !) Finie, en tout cas, sa passion de la peinture, et finie sa vocation. En fait, ayant dû endurer sa douleur toute une nuit sans recevoir de soins, c'est son bras entier qu'il a fallu amputer pour éviter la gangrène.

Débarqué à Batavia par les Anglais qui ne veulent point s'embarrasser de ce manchot, il y est soigné, reprend très vite des forces et entreprend d'observer l'activité florissante des maîtres de la muscade et du girofle. Il voit étalées là des denrées aussi précieuses que l'or, puisque leur valeur est alors inestimable en Europe.

Le poivre et la cannelle poussant désormais un peu partout, leur prix sur les marchés européens a baissé, mais la muscade et la girofle ne se trouvent, dit-on, qu'aux Moluques. Le monopole sur ces deux épices est resté intact. Il sait d'ailleurs que les voleurs d'épices sont punis de mort.

Quatre mois plus tard, il se rend à Pondichéry, sur la côte indienne du Coromandel, la grande base française où il tente de commercer pour son propre compte. Mais telle n'est pas non plus sa vocation et il rembarque pour la France.

À l'escale de l'île de France – l'actuelle île Maurice –, il projette avec le célèbre gouverneur de l'époque, Mahé de La Bourbonnais, de faire de cette terre une île aux épices. On presse le jeune homme d'aller exposer son plan à la Compagnie des Indes orientales à Paris. Poivre rembarque sans se douter des épisodes rocambolesques qui vont émailler son voyage de retour. Au large de l'Angola, une tempête détruit le navire ; il parvient à reprendre un bateau néerlandais ; mais celui-ci tombe aux mains d'un corsaire de Saint-Malo, lui-même bientôt arraisonné par les Anglais !… Le voici à nouveau prisonnier de l'ennemi et consigné dans l'île de Guernesey. En 1748, il est enfin de retour en France – et pourtant, il n'a encore que vingt-neuf ans !

L'année suivante, Poivre, muni d'une autorisation officielle, reprend la mer. Il a pour mission de créer un comptoir en Cochinchine. Mais, à Pondichéry, il doit subir d'humiliantes représentations de la part de Dupleix, qui fait preuve à son égard d'une parfaite mauvaise volonté. Il est vrai que le neveu du gouverneur de Pondichéry, l'Irlandais Friel, avait formé lui aussi le projet de mettre la main sur les épices hollandaises. Poivre arrive finalement en Cochinchine d'où il ramène des canneliers, des poivriers et d'autres espèces tropicales. Puis il rentre à l'île de France où il s'empresse de déposer scrupuleusement dans les magasins de la Compagnie les présents qu'il a reçus en Cochinchine. Il repousse toute indemnité pour les pertes qu'il a subies pendant ce voyage et, dans une lettre au directeur, il écrit : « Je vous ai remplacé tel objet de mon argent parce qu'on me l'a volé par ma faute et qu'il n'est pas juste que vous en supportiez la perte. »

Il s'embarque ensuite pour Manille où, d'après des renseignements secrets, on subodore la présence de girofliers et de muscadiers. De Manille il regagne Pondichéry où, malgré ses véhémentes supplications, Dupleix lui refuse absolument le navire grâce auquel il effectuerait aux Moluques un chargement important. Poivre est obligé de retourner à l'île de France en 1753, avec seulement cinq plants enracinés de muscadier, des noix de muscade aptes à germer, et quelques girofliers qu'il confie au jardinier Fusée-Aublet, directeur du jardin d'essai. Comment a-t-il pu s'approprier ces précieuses essences ? Sans doute a-t-il soudoyé quelque capitaine ? En fait, il existait entre les Philippines et les Moluques un commerce clandestin de girofles et de muscades ; Poivre s'est vêtu comme les indigènes pour échapper à la surveillance, et, pour tromper la douane, il a fait coudre ses noix de muscade dans la doublure de sa veste.

Une nouvelle expédition est alors commanditée pour se diriger directement, cette fois, vers les Moluques. Le 1er mai 1754, la *Colombe* appareille. Le voyage se déroule dans des conditions dramatiques : attaques de pirates, affres de l'équipage, contestations sur l'itinéraire et la destination, progression entre des îles dévastées par la guerre, mauvaise qualité du bateau qui « remonte mal au vent »… Finalement, les Moluques ne se laissent pas approcher et la *Colombe* est obligée de naviguer au sud, vers Timor. Là, Poivre se procure auprès du potentat local des muscadiers. Fort de cette prise, il remet le cap sur l'île de France où une terrible déception l'attend : il apprend que ses premiers échantillons ont mystérieusement péri.

De son voyage sur la *Colombe,* Poivre a rapporté cette fois trois mille noix de muscade et de nombreux plants d'épices et de fruits de différentes espèces. On confie donc à nouveau les noix ramenées de Timor à Fusée-Aublet. Un peu plus tard, celui-ci annonce que les plants sont morts, comme les premiers, et qu'il ne s'agissait d'ailleurs pas de muscade, mais de noix d'Arec. Une enquête sérieuse est alors conduite et le désastre est imputé au jardinier qui a purement et simplement saboté les cultures en traitant les noix à l'eau bouillante et à l'acide.

Qui a armé le bras vengeur de Fusée-Aublet ? On ne le sait pas au juste. Faut-il voir là une retombée de la vive inimitié qui oppose Dupleix à La Bourdonnais, gouverneur de l'île de France ? Ou plus simplement l'effet d'une farouche jalousie ? Ce point n'a jamais pu être éclairci. Furieux et déçu, Poivre décide de rentrer en France.

En 1758, âgé d'à peine quarante ans, il s'installe près de Lyon, dans la propriété de la Fréta, sur le territoire de Saint-Romain-au-Mont-d'Or. Lyon l'honore. Il est élu membre de l'Académie des sciences, des belles-lettres et des arts de la ville. Cinq ans plus tôt, il a déjà été nommé correspondant de l'Académie des sciences auprès d'Antoine de Jussieu, le célèbre botaniste. Poivre est désormais une célébrité dans le domaine des sciences naturelles. Louis XV l'anoblit et lui attribue une gratification de vingt mille livres qui va lui permettre de vivre quasiment en ermite pendant dix ans à la Fréta.

Entre-temps, la Compagnie des Indes a fait faillite et a cédé ses colonies au roi de France. L'occasion est toute trouvée : le ministre Choiseul dépêche en 1766 auprès de Pierre Poivre un émissaire pour le convaincre d'accepter le poste d'intendant des îles de France et de Bourbon. Poivre hésite. C'est qu'entre-temps il a fait la connaissance de Françoise Robin, fort jolie jeune femme dont il est éperdument amoureux. Sans doute lui sait-il gré d'être passée sur son infirmité et d'avoir percé ses qualités de cœur… Ils décident finalement de tenter ensemble la grande aventure, et, le 8 mars 1767, le couple embarque pour l'île de France dont Mme Poivre sera la première dame, puisque le nouveau gouverneur, Dumas, est célibataire.

Là, le couple rencontre un certain Bernardin de Saint-Pierre qui s'éprend vivement de l'épouse et lui dépêche quantité de billets enflammés. D'un commun accord, Poivre et Dumas l'enverront calmer sa fièvre dans la mère patrie… Bernardin se vengera, dans son *Voyage à l'île de France,* en passant sous silence l'existence de Poivre ainsi que le fameux Jardin des Pamplemousses que ce dernier a créé à l'île Maurice, et qui est actuellement une des perles des Mascareignes. L'écrivain se consolera en outre en nous laissant l'émouvante histoire de *Paul et Virginie,* qui s'inscrit dans la longue série des amours contrariées qui alimentèrent de tout temps la littérature universelle. Ce roman connaîtra un succès extraordinaire, la France entière pleurant Virginie perdue dans un naufrage au large de l'île Maurice. Mais Jacques-Henri Bernardin de Saint-Pierre est aussi un grand amoureux de la nature, comme d'ailleurs de la Providence qui pourvoit à sa fécondité. Il nous a aussi laissé quelques « perles », dont l'une a franchi les siècles : « Il y a beaucoup de fruits qui sont taillés pour la bouche de l'homme, comme les cerises et les prunes ; d'autres pour sa main, comme les poires et les pommes ; d'autres, beaucoup plus gros, comme les melons, sont divisés par côtes et semblent destinés à être mangés en famille… »

Dès son retour à l'île de France, Poivre dépêche les corvettes le *Vigilant* et l'*Étoile du matin* vers les Moluques. Cette fois, il ne prend pas part au voyage : ce n'est plus de son âge. L'expédition est confiée au capitaine Provost-d'Etcheverry. Il appert alors que le monopole hollandais n'est pas aussi impénétrable qu'on le pensait, surtout lorsqu'on dispose de solides vaisseaux, que l'on sait habilement faire alliance avec les indigènes, et que l'on possède quelques amitiés solides nouées au cours de voyages antérieurs. C'est dans l'île de Patany, aux Moluques, que le potentat local, désireux de secouer le joug hollandais, fournit à l'envoyé de Poivre une pleine cargaison de muscadiers et de girofliers.

Deux ans plus tard, en juin 1772, le monopole hollandais est à nouveau attaqué et brisé lorsque le *Nécessaire et* l'*Île de France* entrent en rade de Port-Louis, à Maurice, avec à leur bord des centaines de muscadiers et de girofliers, ainsi que des milliers de noix de muscade. Cette fois, Fusée-Aublet n'est plus là : il a été poliment remercié et a regagné la France. Mais, prudent, Poivre décide de répartir les cultures entre l'île Bourbon (la Réunion), les Seychelles et Maurice. Il adresse aussi des graines et des plants en Guyane française où ils s'acclimateront parfaitement. Le 7 décembre 1778, une brillante réception donnée à l'île Maurice accompagnera la récolte de la première noix de muscade française, laquelle sera offerte au gouverneur de l'époque en partance pour la France avant que celui-ci à son tour n'aille l'offrir au roi Louis XVI.

Durant son séjour à Maurice, Pierre Poivre crée le superbe Jardin des Pamplemousses sur les terres de la résidence Mon Plaisir où il s'est installé. Il y plante de nombreuses espèces rares importées de tous les continents et cultivées avec amour par ses soins. Ce jardin est aujourd'hui l'un des plus beaux du monde – le troisième au hit-parade, disent ses gardiens aux visiteurs. Poivre avait acheté le domaine de Mon Plaisir à la Compagnie des Indes et s'y était établi avec sa femme dès son arrivée dans l'île. Quand, en 1772, il quitte l'île de France, les Pamplemousses sont devenus l'un des plus fameux « jardins d'essai » au monde ; le roi veut le lui acheter et Poivre, scrupuleusement honnête, revend cette propriété qu'il a si admirablement embellie pour le montant exact qu'il l'avait payée à la Compagnie des Indes, soit trente huit mille quatre cents livres. Après son départ, l'entretien du Jardin des Pamplemousses est confié à un jeune élève créole en qui il a toute confiance.

Après cinq ans d'intendance, Poivre revient en France et se réinstalle à la Fréta avec Françoise Robin, son épouse, et leurs deux filles nées à Maurice. Il meurt à Lyon, quatorze ans après son retour en France, en 1786, à l'âge de soixante-six ans.

Sa vie nous a été contée par sa veuve, jeune encore, mais bientôt frappée d'une nouvelle épreuve : la mort de sa fille aînée. Ce qui ne l'empêche pas de poursuivre avec énergie l'œuvre du souvenir. Elle trouve un biographe en la personne de Pierre-Samuel Dupont, conseiller d'État et ami des Poivre. Celui-ci, compagnon de La Fayette durant la guerre d'Indépendance américaine, regroupe l'ensemble des témoignages relatifs à la vie de Pierre Poivre et finit par s'éprendre de Françoise, alors âgée de quarante-sept ans. Ils se marient.

Mais une autre aventure point à l'horizon : la Révolution française et la Terreur obligent le couple à se réfugier en Amérique. Entre-temps, Dupont a été anobli et est devenu Dupont de Nemours. Économiste, Pierre-Samuel avait inspiré les principales réformes financières de la fin de l'Ancien Régime. Le fils que Françoise lui a donné, Irénée du Pont de Nemours, chimiste et collaborateur de Lavoisier, fondera aux États-Unis une poudrerie, point de départ du développement de la firme mondiale Dupont de Nemours…

Dans la lignée des Poivre apparaît aussi la personnalité de Patrick Poivre d'Arvor, figure emblématique de la télévision française, dont l'arbre généalogique remonte à Jacques Poivre, frère de Pierre. Et c'est à nouveau à l'île Maurice que Patrick a vu éclore sa vocation de journaliste… Il s'en explique dans la préface qu'il a rédigée pour l'ouvrage de Denis Piat, *Sur la route des épices, l'île Maurice :* « Aux premières heures des années 70, il me vint des fourmis dans les jambes. Toutes affaires cessantes, je mis mes études entre parenthèses et m'inscrivis à un concours qu'organisait France Inter. Il s'agissait de choisir une destination, d'y séjourner quinze jours et d'en revenir avec un reportage qui allait être diffusé quotidiennement, une heure durant, tout au long d'une semaine. La compétition fut rude. J'eus la chance d'être retenu et de partir vers l'île de mon choix : l'île Maurice. Le sort m'accompagna jusqu'au bout : au terme de la diffusion de ce reportage, un jury me proclama vainqueur et me permit d'entrer dans ce métier que je n'avais jusqu'alors jamais pratiqué. »

Ce bel hommage à l'île Maurice est mérité. Escale des boutres arabes, puis des navires portugais, annexée par les Hollandais qui finirent par l'abandonner, terrifiés par la violence des cyclones, l'île est reconquise par les Français qui s'y installent en 1715. Reprise par les Anglais en 1810, elle conserve ses traditions et demeure la seule île francophone de l'ex-empire britannique. Aujourd'hui indépendante, elle assure une paisible coexistence à des hommes et à des femmes appartenant aux cultures et aux religions les plus diverses, et témoigne par là de la possibilité d'une riche entente entre communautés différentes.

Quatre ans après le retour de Pierre Poivre en France, en février 1779, soit en plein été austral, on récolta sur trente arbres pas moins de 160 000 clous de girofle ; en 1786, le Jardin des Pamplemousses avait distribué 10 146 girofliers à travers les possessions françaises d'outre-mer. Le monopole hollandais était bel et bien brisé et la culture des épices allait se propager dans toutes les zones tropicales du monde.

À partir de 1825, les Anglais entrent en lice et tentent avec succès la culture du giroflier et du muscadier dans la péninsule de Malacca. Puis Singapour détrône Malacca et devient l'entrepôt de l'archipel, de même que Pénang où s'accumulent poivres et muscades. C'est à cette même époque que la culture du giroflier est introduite sur l'île de Zanzibar, sur la côte sud-est de l'Afrique. Trente ans plus tard, Zanzibar devient, après Pénang et Amboine, le troisième producteur mondial de clous de girofle.

En 1825 également, les Hollandais tentent d'entrer sur le marché de la cannelle en l'introduisant de Ceylan à Java afin de concurrencer les Anglais sur leur propre terrain. Mais les canneliers cultivés en Indonésie, en Guyane, en Chine, aux Indes et en Indochine se révélèrent de qualité inférieure à ceux de Ceylan.

Cependant, au XIXe siècle, les épices perdent de leur prestige. Le sucre, le thé, le cacao, le café occupent désormais la première place. Des préférences nationales s'affirment : la cuisine française a plus fréquemment recours à la muscade, l'anglaise au macis, l'espagnole au safran…

Puis vient la « modernité » et, avec elle, le goût de l'exotisme, le tourisme de masse, la démocratisation des voyages, la prolifération des restaurants chinois, indiens, japonais, marocains, antillais, etc. Avec eux, les épices entrent à nouveau en grâce.

Dans son *Livre des épices,* Alain Stella[1] cite de nombreux chefs contemporains (Alain Ducasse, Alain Senderens ou Olivier Rollinger) qui inventent une cuisine sublime où produits du terroir et ancestrales traditions sont vivifiés par un ajout de saveurs lointaines :

« Le déjà légendaire petit homard aux épices qu'Olivier Rollinger vous sert à Cancale, dans la baie du Mont-Saint-Michel, symbolise à merveille la revanche

1. Alain Stella, *Le Livre des épices,* Flammarion, 1998.

des espèces du Moyen Âge. Harmonieusement unies à l'air marin, à l'iode et aux embruns bretons, les épices de l'Inde ou de la Grenade caressent ici la chair du crustacé comme un vent du large parfumé ou un courant tropical. Vos papilles goûtent aux différentes saveurs de la planète qui, parce qu'elles s'unissent sans se confondre, vous offrent une sorte d'utopie. »

Les plus anciens parmi nous se souviennent du célèbre petit sachet serveur de poivre en carton à section triangulaire de la maison Aussage, aujourd'hui disparue… Comme jadis, les épices sont revenues partout, mais consommées de manière plus judicieuse et avec plus de modération afin de ne pas ruiner, dans chaque mets, l'arôme et la saveur qu'elles sont censées relever sans les détruire.

Chapitre V

Les épices exotiques

À tout seigneur tout honneur : le poivre

Dans son *Dictionnaire de l'épicerie,* paru en 1858, A. Bauche indique que le nom du poivrier « lui vient de ce qu'il fut dédié à Monsieur Poivre ». Or le sieur Bauche se trompe : Pierre Poivre est né en 1719 alors même qu'au Moyen Âge l'expression « cher comme poivre » était déjà passée dans le langage populaire. En fait, « poivre » vient du latin *piper* qui désignait cette épice très anciennement connue, dont l'emploi se répandit à la suite de la campagne qui conduisit Alexandre le Grand jusqu'en Inde, son pays d'origine. Dans son *Histoire naturelle,* Pline s'étonne d'ailleurs du succès que connaît le poivre dans la Rome antique : « Qui donc osa le premier l'essayer dans ses aliments, ou qui, pour stimuler son appétit, ne se contenta pas de la diète ? » Théodose II, empereur de Byzance de 408 à 450, est en tout cas de ceux-là : pour amadouer le terrible Attila, il lui envoya une abondante livraison de poivre.

Henri Leclerc relate le récit haut en couleur que deux apothicaires de Poitiers, les Contant père & fils, nous ont laissé : « Les Indiens montent dedans les poivriers et cueillent avec les mains les grains du poivre et l'assemblent en monceaux sur des aires qu'ils ont faites sous les arbres ; ils les laissent là comme des choses de peu d'estime. Or en cet endroit, il y a plusieurs singes qui se tiennent dans des tanières, et là, cachés, regardent faire telle vendange du poivre. Quand vient sur le soir que les Indiens se sont retirés, ces singes, sortant de leur cachot, usant de leur singerie et voulant suivre l'usage des Indiens, gravent les arbres qui n'ont pas été vendangés et cueillent les grains de poivre des branches, puis les serrent tout en monceaux. Le jour venu, les Indiens retournent et emportent le monceau de poivre, ensemble la besogne des singes qu'ils trouvent toute prête sans y avoir pris aucune peine à la recueillir… » Nous sommes alors en 1628 : comme l'Inde est encore éloignée de nous !

On l'a vu, il était de pratique courante, sous l'Ancien Régime, d'offrir aux magistrats une rémunération d'abord facultative, mais de plus en plus souvent obligatoire, sous forme de poivre. Ce fameux paiement en épices, qui deviendra plus tard « en espèces », a fait la joie des auteurs dramatiques. Ainsi Racine daubant la coutume d'offrir à titre de pot-de-vin du poivre aux magistrats au point de conférer à certains le titre de « grands épiciers ». Dans *Les Plaideurs,* il fait dire au personnage un peu simple de Petitjean : « Il me demandait sans cesse des épices et j'ai tout bonnement couru dans les offices chercher la boîte de poivre… »

Comme ce fut jadis le cas de bien des plantes destinées à l'alimentation ou à la médecine, il était fréquent qu'on les « allongeât » grâce à quelque substance falsificatrice et bon marché. Pline signale déjà qu'on « sophistiquait » parfois le poivre avec des baies de genièvre ou des graines de moutarde. Plus tard, ces procédés devinrent monnaie courante, et des décrets édictés en 1735, 1745 et 1752 les combattirent. Plus question de « surcharger » et « empâter » le poivre, d'y faire « aucune miction ni mélange » sous peine de mille livres d'amende pour la première contravention, et de fermeture de boutique en cas de récidive. Plus question, donc, d'abâtardir cette épice noble avec des ingrédients aussi étranges et roturiers que la poudre de noyaux d'olives ou les coquilles de noix broyées. C'est du bon et vrai poivre qu'exigeaient les archevêques d'Aix-en-Provence sous forme de redevance réclamée aux Juifs de la ville pour leur concéder le droit d'ouvrir écoles et cimetières.

Linné a donné à la liane tropicale qui fournit le poivre le nom de *Piper nigrum.* Comme il s'agit d'une plante grimpante, sa culture nécessite un support qui peut être une simple tige dressée ou le tronc d'un arbre vif : palmier, manguier ou acacia. Sans tuteur, le poivrier ramperait sur le sol et s'enracinerait à chaque nœud de sa tige. C'est précisément au niveau de ces nœuds que se forment des racines adventives qui le fixent à son support. Les feuilles en forme d'as de pique sont très vertes et présentent un réseau de nervures caractéristiques : de la nervure centrale se détachent exactement à la base deux nervures latérales arquées, venant confluer à la pointe supérieure du limbe ; et dessinant ainsi une grande surface ovale à l'intérieur de laquelle, un peu plus haut sur la nervure centrale, deux nouvelles nervures se détachent, mais pas exactement du même point. Puis, dans le second ovale ainsi formé, s'en dessine un troisième, car une troisième paire de nervures se détachent à nouveau, très décalées l'une par rapport à l'autre. Toutes ces nervures confluent à l'extrême pointe du limbe de la feuille qui est, de ce fait, parfaitement identifiable.

Les fleurs, insignifiantes, sont disposées en épis allongés et produisent de petites baies globuleuses et charnues, rouges à maturité et ne renfermant qu'une seule graine. Les fruits se trouvent ainsi regroupés en épis pendants, au nombre de trente à quarante.

On a longtemps cru que le poivre noir et le poivre blanc étaient fournis par deux espèces différentes. En fait, le poivre noir n'est autre que le fruit entier cueilli avant maturité complète et mis à sécher. Les baies prennent alors cet aspect ridé qu'on leur connaît. Le poivre blanc est obtenu au contraire avec des fruits parfaitement mûrs qui, par trempage dans l'eau chaude, perdent leurs parois externes. Le poivre vert, très à la mode actuellement, provient de baies récoltées avant maturité et conservées par surgélation, en saumure ou dans du vinaigre ; sa vogue ne date que des années soixante, à l'initiative du chef cuisinier de la Tour d'Argent, à Paris, qui en rapporta quelques grappes d'un voyage à Saint-Domingue et l'utilisa dans la farce de ses canetons.

Un bon gastronome moudra le poivre aussi tardivement que possible et, mieux encore, au moment de son utilisation. Car s'il se conserve indéfiniment à l'état de grain, il s'évente rapidement à l'état de poudre. D'où l'intérêt du moulin à poivre posé sur la table familiale.

Au moment du broyage, les meilleurs poivres exhalent un discret arôme de fruits frais : fraise, ananas, figue. Plus avisé encore celui qui saura mélanger les différentes sortes de poivre – le blanc, le noir et le vert – pour produire des saveurs subtiles et nuancées. Mais nous sommes ici dans la « grande » cuisine.

La culture du poivre est pratiquée depuis les temps les plus reculés sur la côte de Malabar, versant ouest de la péninsule indienne. Aujourd'hui, elle s'étend à de nombreux pays tropicaux. Sa multiplication s'obtient par bouturage et la liane exige beaucoup d'humidité et de chaleur, ce qui limite sa présence aux basses altitudes, là où les précipitations dépassent deux mille millimètres par an.

Le poivrier vit et produit une vingtaine d'années, chaque pied fournissant cinq à six kilogrammes de fruits par an. C'est à partir du XVIIe siècle que la culture s'est développée de manière systématique, les récoltes par cueillette se révélant insuffisantes pour satisfaire la demande.

Le poivre noir doit sa saveur brûlante à la présence de dérivés de la pipéridine, en particulier la pipérine, présente à raison de 5 à 8 % dans la baie. Le poivre blanc en contient un peu moins ; sa saveur est moins brûlante, mais plus parfumée. Car le poivre contient aussi une huile essentielle légèrement odorante, présente surtout dans la graine. Le poivre blanc, dont les parois de la baie ont été éliminées, en est donc plus riche.

Comme toutes les épices, en particulier les épices fortes, le poivre stimule les sécrétions digestives et le système nerveux. Bactéricide et insecticide, il irrite et rubéfie la peau et les muqueuses. On l'utilise généreusement pour relever ou conserver les aliments, mais ses usages thérapeutiques ne subsistent plus que dans les mémoires et les grimoires de jadis.

Après l'énorme succès qu'il connut des siècles durant, le poivre – comme toutes les épices, d'ailleurs –, subit un certain discrédit entre le milieu du XIXe siècle et le début du XXe siècle. En matière alimentaire, la mode est alors à l'austérité. Comme l'écrit Henri Leclerc en 1929 dans son ouvrage consacré aux épices : « Il serait paradoxal de revendiquer pour le poivre la place d'un accessoire indispensable à la diététique : comme pour beaucoup d'épices, tout ce qu'on peut faire en sa faveur, c'est d'atténuer les reproches qu'adressent à sa nocivité les hygiénistes. Encore sera-ce au nom de la gourmandise seule qu'on pourra entreprendre ce plaidoyer. L'homme qui se conforme aux saines lois de la tempérance, qui mange pour vivre au lieu de vivre pour manger, dédaignera toujours les artifices dont le but est de métamorphoser en jouissance ce qui n'est que la stricte satisfaction d'un besoin naturel. Ce serait toutefois faire preuve d'un purisme exagéré que de vouloir enrégimenter sous une même discipline l'humanité tout entière. Si partisan soyons-nous de la frugalité, montrons-nous indulgent pour notre prochain lorsqu'il succombe à ce péché mignon qu'est la gourmandise, et sachons réfréner les élans de donquichottisme qui nous pousseraient à rompre des lances contre les moulins d'où tombe la pluie fine et odorante du poivre. Aussi bien son abus est-il seul à condamner. »

Dans cette perspective spartiate, un vieux précepte conseillait, pour préparer une salade, de confier le sel à un sage, l'huile à un prodigue, le vinaigre et le poivre à un avare. Car le poivre coûtait cher et, par esprit de sacrifice, il était judicieux de s'en priver. Pour autant, il n'a point quitté la table familiale où, marié au blanc contenu de la salière, il évoque l'âge, sage, des cheveux grisonnants, dits poivre et sel.

Aujourd'hui, les temps ont changé et le dolorisme n'est plus de mise ; on ne reconnaît plus à la souffrance une valeur rédemptrice au point de la rechercher pour elle-même et de s'en réjouir. Si François d'Assise « épiçait » ses aliments en y jetant de la cendre pour éviter de choir en gourmandise, le plaisir revendique aujourd'hui ses droits. Satisfaire ses envies est le maître mot du consumérisme, et, dans une telle perspective, les épices ne peuvent que bénéficier d'une absolution plénière et d'une réhabilitation totale… dans l'alimentation seulement, il est vrai.

Les chirurgiens-dentistes se garderaient bien de préconiser aujourd'hui, pour soulager les rages de dents et la « douleur exquise » qu'elles provoquent, l'application de trois grains de sel et de poivre sur la molaire malade. C'est pourtant la médication que préconisait au pape Clément V, atteint de telles rages, son « alchimiste astrologue et médecin catalan » au XIIIe siècle.

Le monde végétal aligne pas moins de quelque mille espèces de poivriers différents répartis de par le monde. Dans le poivre long *(Piper longum)*, spontané en Asie tropicale, les baies, très serrées les unes contre les autres, restent groupées en épis cylindriques compacts. L'épi est utilisé tel quel, sans que les grains soient séparés. Ces épis ont une saveur aussi piquante que le poivre, mais avec un arrière-goût légèrement acidulé et sucré qui les personnalise. Il est conseillé pour aromatiser le gibier et parfumera très bien une vinaigrette ou une sauce de viande. Les Romains le tenaient déjà en haute estime.

Le poivre de cubèbe *(Piper cubeba)* comporte des fruits de la grosseur de ceux du poivre noir, mais qui ont un très court pédoncule : d'où aussi son nom de « poivre à queue ».

À ces espèces s'ajoutent encore quelques autres poivriers, ainsi qu'une bonne collection de plantes à saveur poivrée, plus ou moins succédanés du poivre noir, qui entrent dans le répertoire des épices à usage local dans leur pays d'origine. L'histoire récente des épices s'enrichit ainsi du poivre du Sichuan, ou « fagara ». Il s'agit en fait du grain séché de *Xantoxylum piperitum.* De couleur vieux rose, il dégage un parfum à la fois fleuri, citronné et mentholé. Épice très utilisée dans cette province de Chine, il est apparu récemment dans la gastronomie haut de gamme, en particulier chinoise.

Empruntons, pour nous en tenir là sur le poivre, ce dithyrambe que lui adresse Pierre Delaveau :

« Pourquoi ce succès incomparable du poivre ? Plus que toute autre épice, il possède à la fois un parfum délicat et une saveur chaleureuse s'harmonisant l'une à l'autre. Il commence par flatter légèrement les narines, puis apporte une présence chaude, ronde, insistante, qui s'accorde aux saveurs musquées du porc, donne de la vigueur au bœuf, du relief aux œufs, exalte la finesse des poissons. Lorsque le couteau tranche le saucisson ou la mortadelle, c'est plaisir de voir le petit œil narquois du grain de poivre noir, lui-même sectionné, faisant signe au gourmet qui se hâte de croquer avec application l'épice enchâssée dans la chair concentrée. Le poivre égaie les salades, apporte du montant au court-bouillon et aux sauces les plus diverses. Discret mais présent dans mainte formule de liqueurs et de vins apéritifs, il leur confère du sérieux – d'où l'expression "poivrot" pour qui en fait un usage immodéré… »

La cannelle, reine des écorces

« Ma bien-aimée, ma sœur, jardin secret, source scellée et onde close, de tes canaux prennent naissance une oasis de grenadiers emplie d'essences rares, le nard et le safran, le roseau odorant, l'arbre à encens, la myrrhe et l'aloès, le cinnamome, les plus exquis des aromates[1]... » Ainsi Le Cantique des cantiques, ce grand chant d'amour de la Bible, évoque-t-il la cannelle : le cinnamome, appellation dérivée de son nom grec *Kinnamom* et de son nom scientifique latin *Cinnamomum zeylanicum.* C'est la cannelle de Ceylan.

Mais le cinnamome, que la Bible cite pas moins de quatre fois, n'est pas l'apanage des bien-aimées passionnément énamourées. Les courtisanes en font elles aussi bon usage. Ainsi voit-on un jeune homme « niais et dépourvu de bon sens », dans une scène assez crue du *Livre des proverbes,* se faire racoler par une femme « accoutrée en putain, l'artifice dans le cœur, tourbillon-

1. *Ct*, 4, 12-14.

nante, déchaînée… Elle le saisit, l'embrasse et lui dit d'un air effronté : "J'ai aspergé ma couche de myrrhe, d'aloès et de cinnamome… Viens ! Enivrons-nous de caresses jusqu'au matin, épuisons les délices de l'amour. Mon mari n'est pas à la maison ; il est parti pour un lointain voyage, emportant sa bourse bien remplie. Il ne reviendra pas avant la pleine lune." À force de séduction, elle le fléchit[1]... »

Tout à l'inverse, le cinnamome peut aussi symboliser la douce magnificence de la Sagesse présente auprès de Dieu dès la création du monde : « Vapeur d'encens dans la demeure, j'ai donné, dit-elle, du parfum comme le cinnamome et l'acanthe[2]... »

Hérodote, qui écrit l'Histoire de son temps cinq siècles avant Jésus-Christ, a sans doute omis de vérifier toutes *les* « histoires » qu'il nous raconte. Ainsi, selon lui, de gros oiseaux vont quérir les bâtons de cinnamome et les portent jusque dans leurs nids. Comme ces nids sont inaccessibles, perchés sur des montagnes escarpées, les Arabes déploient l'artifice suivant : ils mettent de la viande à portée des oiseaux qui, fondant sur ces proies, les ramènent dans leurs nids ; le nid devient alors si lourd qu'il tombe à terre. Il n'y a plus qu'à ramasser le cinnamome… Pas un mot de vrai, évidemment, dans cette légende qui a pourtant bercé l'Antiquité gréco-romaine, ainsi que plusieurs autres de la même eau. Or, bien avant cette époque, c'est en termes « réalistes » que la cannelle était déjà mentionnée en Chine, à la cour de

---

1. Prov. 7, 10-13 et 16-20.
2. Sir. 24, 15.

l'empereur Shen Nung, deux mille sept cents ans avant notre ère.

Durant toute l'Antiquité, la cannelle a été, avec le poivre, la plus chère et la plus recherchée des épices. À la mort de Pompée, Néron, on l'a dit, sacrifia tout le stock reçu d'Arabie durant une année pleine dans un immense brasier qui diffusa ses fumigations délicieuses. La cannelle était à cette époque réservée aux césars et à quelques patriciens. Elle conserve sa valeur durant le haut Moyen Âge où elle reste inaccessible aux simples mortels. C'est au XIIIe siècle seulement qu'elle commence à se diffuser plus largement en Europe où son prix demeure très élevé, à tel point que le geste d'un richissime commerçant qui, pour faire étalage de sa magnificence, embrasa sous les yeux de Charles Quint un fagot de cannelle, resta dans toutes les mémoires.

En provenance de Ceylan ou de la côte de Malabar, en Inde, *via* l'océan Indien, la mer Rouge, le Nil et Alexandrie, elle pénétrait en France par Marseille. Lorsque les Portugais s'emparèrent de Ceylan en 1505, ils en intensifièrent aussitôt la production, si bien que la cannelle débarqua sur les marchés européens à des prix plus raisonnables.

En 1656, les Hollandais s'installèrent à leur tour à Ceylan, confiant la production de la cannelle à la Compagnie des Indes orientales. Celle-ci s'empressa de détruire toutes les plantations de la côte de Malabar afin de faire de l'île le centre de production exclusif, assurant du coup à la célèbre compagnie le monopole de cette épice.

La mode de la cannelle remonte aux croisés, très

friands d'hypocras, un vin tonique à base de cannelle qu'a chanté Rabelais dans son *Pantagruel.* La France en faisait une grande consommation et l'on dit qu'à la fin du Moyen Âge les deux tiers des plats et sauces en contenaient. Raison de plus, pour les Hollandais, de tenir ferme à leur monopole.

La découverte de l'Amérique donne une impulsion nouvelle à sa consommation. Le Nouveau Monde – où jamais l'on ne trouva de cannelle – apporte en effet trois nouvelles épices : le piment, le cacao, la vanille. Dès lors, les chocolats parfumés à la vanille, à la cannelle et à l'anis font fureur en Espagne, d'abord, puis dans tout le reste de l'Europe.

En 1772, Pierre Poivre introduit la cannelle aux Seychelles où elle est toujours cultivée sur les îles de Mahé et de Silhouette.

Le cannelier de Ceylan est un arbre de dix à quinze mètres de haut, très touffu. Par culture, on réduit la taille à deux ou trois mètres afin de faciliter la récolte. L'arbre est aisément repérable à la forme et à l'innervation de ses feuilles, d'un bel ovale, où la nervure centrale est doublée de part et d'autre par deux nervures latérales – et deux seulement. Les trois nervures partent de l'extrémité du pétiole, à la base du limbe, et se rejoignent au bout de la feuille. Ces nervures sont très accusées, et la cannelle s'identifie à coup sûr à cette innervation caractéristique. Les feuilles sont de surcroît « opposées décussées », comme on le dit savamment en botanique : ce qui signifie qu'elles sont toujours opposées deux à deux, s'insérant au même point de la tige, chaque paire faisant un angle de 90° avec la paire précédente et la suivante. Cette architecture, assez rare, est elle aussi très caractéristique. Les fleurs, modestes et jaunâtres, produisent de petites baies d'un beau violet-brun ; les oiseaux avalent ces fruits et rejettent leurs graines dans leurs déjections. Au cours du transit intestinal, celles-ci acquièrent un pouvoir germinatif accru, de sorte que nous devons la cannelle au dynamisme écologique des oiseaux…

La récolte des écorces s'effectue durant la saison des pluies, de mai à octobre. On coupe les rejets au ras du sol, puis c'est l'écorçage. Pour ce faire, des incisions circulaires entament l'écorce jusqu'au bois, puis l'on pratique des incisions longitudinales, diamétralement opposées, ce qui permet de détacher des rubans d'écorce réunis en bottes et abandonnés une nuit au séchage. Les écorces, alors raclées, perdent leurs zones externes et prennent l'allure qu'on leur connaît. Puis elles sèchent à nouveau deux ou trois jours au soleil. Les rubans se roulent alors spontanément en tuyaux et revêtent leur belle coloration fauve. Une fois ces fragments triés par qualité, plusieurs rubans sont emboîtés les uns dans les autres et l'on obtient alors ces beaux bâtons de cannelle qu'on trouve dans le commerce. Quant aux résidus et brisures d'écorce, ils serviront à la préparation de la cannelle en poudre. C'est, semble-t-il, par analogie aux tiges creuses de la canne que les écorces enroulées sur elles-mêmes ont pris le nom de cannelle.

La cannelle doit sa saveur douce, chaude et parfumée à une essence aromatique. Son écorce en contient de 1 à 2 %. Cette essence est plus dense que l'eau, de sorte qu'après distillation on ne la récupère pas en surface, mais au fond du récipient. L'aldéhyde cinnamique, son constituant principal, représente près des trois quarts de sa masse ; il est accompagné d'eugénol, principe dominant de l'essence de girofle.

Comme pour la plupart des épices, cette essence est un stimulant du système nerveux et un antiseptique, d'où son utilisation en aromathérapie. Elle entre par ailleurs dans la composition du carry (ou curry), mélange très abondamment consommé en Inde et qui comprend une jolie moisson d'autres épices : coriandre, piment de Cayenne, girofle, muscade et gingembre.

Proche de la cannelle de Ceylan, celle de Chine se présente en fragments plus épais et plus rugueux. Son essence est plus riche en aldéhyde cinnamique (80 à 85 %), mais ne contient pas d'eugénol ; ce qui lui confère une odeur et une saveur plus accusées mais moins fines, l'aldéhyde dominant l'arôme des constituants minoritaires. Il s'agit en quelque sorte d'un cru médiocre mais qui n'en a pas moins réussi à conquérir les États-Unis.

En Europe, la cannelle a perdu une part du prestige dont elle jouissait à la fin du Moyen Âge. Elle parfume surtout les desserts sucrés : riz au lait, compotes, gâteaux aux pommes, mais aussi les vins aromatisés comme la sangria ou le vin chaud. Elle peut composer de subtils accords avec le thé, le café et le chocolat, sans oublier le fameux pain d'épice ou pain épicier, pain de cannelle au miel relevé de girofle, de muscade et d'anis. En Alsace, on apprécie toujours les tartes aux quetsches ou aux pommes réchauffées d'une douce pluie de cannelle, ou encore le boudin noir qu'elle relève de son stimulant arôme.

À l'instar de toutes les épices, celle-ci a perdu toutes ses applications médicinales. On reste pantois devant l'énumération des vertus des plantes médicinales utilisées autrefois, en particulier des grandes épices, érigées au rang de véritables panacées. À lire les panégyriques emphatiques de ces praticiens auxquels Molière fit un sort, comment ne pas songer à notre propre attitude face à la maladie ? Qu'une maladie se révèle incurable, qu'elle cause, à l'exemple du sida ou du cancer, d'amples et terribles dégâts, et l'information pullule de découvertes prometteuses, de progrès formidables, de « révolutions » à portée de main. Les thérapies géniques bénéficient aujourd'hui de ces enthousiasmes collectifs, bien que les profits qu'on peut en attendre ne se profilent qu'à un horizon aussi incertain que lointain. Mais nos ancêtres faisaient déjà de même : à la fin du Moyen Âge, Mésué recommandait l'électuaire de cannelle pour « hâter la digestion, empêcher la putréfaction de la pituite, favoriser la distribution des aliments dans le corps ». Sainte Hildegarde et Albert le Grand la conseillaient, selon Henri Leclerc, « aux malades atteints de goutte, de paralysie, de fièvres quotidiennes tierce ou quarte, la première conseillant sa décoction dans du bon vin ; ceux dont la tête est si pesante, si affaiblie qu'ils ne peuvent émettre leur souffle par les narines, se trouveront bien d'en absorber de temps en temps avec une bouchée de pain, ou plus simplement de la lécher dans le creux de la main ». Voilà pour Hildegarde, la célèbre abbesse de Bingen ! Quant à Albert le Grand, il la préconise pour « mondifier la poitrine, calmer la toux, fortifier l'estomac et le foie, apaiser les douleurs de la matrice et calmer les tremblements des jointures… ».

La postérité a revu à la baisse ces indications et considère aujourd'hui la cannelle comme un tonique et un stimulant. La pharmacie de ces derniers siècles en a fait un vin cordial, et les étudiants se souviennent de la célèbre potion de Todd, à base de cannelle et de vin rouge…

Passez muscade

Parmi les muscadiers, les uns ne possèdent que des fleurs mâles, les autres que des fleurs femelles : Monsieur et Madame Muscade, en quelque sorte. Pour que les choses se passent convenablement, en une pollinisation heureuse et féconde, on veille à planter un mâle pour une vingtaine de femelles. Il s'agit d'une polygamie très poussée !

Inconnue de l'Antiquité gréco-latine, la noix de muscade est apparue d'abord à Byzance, puis sur les tables médiévales. En 1191, lorsque l'empereur Henri VI, dit le Cruel, fils de Frédéric Barberousse, entre dans Rome pour son couronnement, les rues sont parfumées d'aromates, et la muscade cette fois bien présente. Un luxe insolent, quand on sait comment la noix venait des lointaines Moluques à l'initiative des Arabes : embarquée et acheminée par bateaux de ces îles jusqu'aux Indes avec transbordement à Malacca ; puis réembarquement à destination d'Ormuz, sur le golfe Persique, ou d'Aden ; puis transport terrestre par la vallée de l'Euphrate, ou maritime par la mer Rouge ; et, pour finir, voyage à dos de chameaux jusqu'aux villes de l'Est méditerranéen. À chaque étape, droits et taxes étaient perçus par des potentats locaux, et le prix de l'épice augmentait si bien qu'au XIIe siècle, en Angleterre, une seule livre valait le prix de trois moutons.

Dès le XVIIe siècle, les Hollandais deviennent les maîtres absolus de la muscade comme de la girofle. Ils n'hésitent pas, on l'a vu, à détruire leurs stocks pour maintenir les prix. Valmont de Bomare, cité par Henri Leclerc, décrit ainsi le spectacle auquel il a assisté à Amsterdam en 1760 : « J'ai vu, dit-il, près de l'Amirauté, un feu dont l'aliment était estimé à huit millions argent de France ; on devait en brûler autant le lendemain. Les pieds des spectateurs baignaient dans l'huile essentielle de ces substances, mais il n'était permis à personne d'en ramasser. Quelques années auparavant, et dans le même lieu, un pauvre particulier qui, dans un semblable incendie, ramassa quelques muscades qui avaient roulé hors du foyer, fut pris au corps, condamné tout de suite à être pendu et exécuté sur-le-champ. »

Pas question, par conséquent, de s'approvisionner par la bande. Pas de muscade sans les Hollandais, mais c'est précisément ce monopole que Pierre Poivre réussit à briser dans les conditions que l'on sait. Puis la muscade s'installe dans les habitudes alimentaires et Boileau fait dire au maître du repas ridicule : « Aimez-vous la muscade ? On en a mis partout… »

Le muscadier est toujours cultivé aux Moluques, mais aussi au Sri Lanka, en Malaisie et aux Antilles (l'île de Grenade produit à elle seule près de 40 % de la consommation mondiale). C'est un grand arbre de dix à vingt mètres de haut à longues feuilles ovales, coriaces et d'un vert foncé, comme il advient souvent chez les arbres tropicaux. Le fruit ressemble à une grosse prune ou à un abricot. À maturité, il se fend en deux, laissant apparaître une graine vêtue d'un étrange organe rouge vif : le *macis,* sorte d'expansion de la graine. Ce macis, lorsqu'il est séparé, est un appareil lacinié, formé d'un réseau de lanières déchiquetées couleur corail, tout à fait original et d'une grande beauté. Il emmaillote la graine comme une sorte de résille à larges mailles.

Aux îles Banda, on récolte les fruits directement sur l'arbre à l'aide d'une longue gaule de bambou munie d'une petite nasse pouvant en contenir une dizaine. Les graines sont extraites de ces fruits, puis le macis est séparé et mis à sécher au soleil où il vire peu à peu au brun orangé en dégageant une odeur forte et suave. La graine est mise elle aussi à sécher sur des claies durant quelques jours. On la brise avec un maillet pour libérer les amandes : les noix de muscade. Celles-ci passent alors dans un bain de chaux, pratique conservée des Hollandais qui détruisaient ainsi leur pouvoir germinatif et les mettaient du même coup à l'abri des attaques de parasites (vers ou insectes). Les parois de la noix sont ridées et sa consistance est celle d'une noisette.

La coupe de la noix n'est pas homogène, mais parcourue par des lignes sinueuses, rouge-brun, qui résultent de la pénétration dans l'albumen du tégument interne de la graine : c'est ce que les botanistes appellent un albumen *ruminé.*

Soumises à la presse, les noix de muscade fournissent une matière grasse onctueuse, le beurre de muscade, d'une belle coloration orangée par les caroténoïdes qu'il contient. Ce corps gras est original par sa très forte teneur en acide myristicique[1], formé de quatorze atomes de carbone en position linéaire.

La noix comme d'ailleurs le macis fournissent aussi une huile essentielle très parfumée, de composition complexe, qui lui confère son statut d'épice.

Vantée « contre la ventosité de l'estomac et des boyaux », réputée « conforter le cervel et les esperiz », la muscade passait aussi pour favoriser les accouchements. À Venise, en 1704, Paullini rédige sur elle un ouvrage de près de neuf cents pages : elle y est prescrite pour le traitement de pas moins de cent trente-huit maladies distinctes ! Comme elle entre dans les préparations destinées à l'embaumement, l'auteur conclut : « Bien portant ou malade, vivant ou mort, nul ne peut se passer de cette noix, la plus salutaire de toutes ! »

Et, de fait, dans son *Traité des aliments,* paru en 1702, le docteur Louis Lemery fait des muscades, comme il était d'usage à l'époque, une véritable panacée : « Elles aident à la digestion, elles fortifient le cœur, le cerveau et l'estomac, elles chassent les vents, elles provoquent les mois des femmes et corrigent la mauvaise haleine, elles échauffent beaucoup – c'est pourquoi on doit en user très modérément –, elles conviennent dans les temps froids aux vieillards, aux flegmatiques et à ceux qui digèrent difficilement, elles sont d'un grand usage pour ceux qui vont en mer… » N'en déplaise aux fleg-

1. Myristicique, car le muscadier appartient à la famille des Myristicacées.

matiques, toutes ces indications sont tombées à l'eau ! Et la muscade s'est contentée de faire carrière en gastronomie.

Les noix, très dures, peuvent être moulues ou râpées. La coutume de râper la muscade est judicieuse, car la poudre s'évente rapidement en perdant ses huiles essentielles et donc la finesse de son arôme. Le macis, lui, sera broyé dans un petit mortier qui dégage sa flaveur spécifique, légèrement citronnée et acidulée.

Au XVIIIe siècle, lorsque la mode de la muscade battait son plein, les convives se présentaient au dîner munis d'une petite râpe faite d'os et de bois ou d'argent, accessoire indispensable au bon usage des noix. Toulouse-Lautrec portait toujours sur lui sa noix et sa petite râpe afin d'aromatiser le porto dont il raffolait.

Aujourd'hui, la muscade s'utilise indifféremment pour les mets salés ou sucrés. Râper de la muscade sur une sauce béchamel ou une purée de pommes de terre est une habitude courante. De même pour les potages de légumes qui s'ennoblissent aussitôt de riches arômes des tropiques. La noix de muscade fait aussi bon ménage avec les vins et alcools : on l'ajoutait jadis aux vins chauds, et même à la bière.

Pourtant, dès 1569, Gilles Fernel voit dans la muscade un dangereux excitant pour l'esprit et les gens. Possède-t-elle des effets indésirables ? C'est en tout cas ce que laisse entendre un célèbre adage de la très prestigieuse école médicale de Salerne, au sud de Naples *« Unica nux prodest, nocet altera, tertia necat »* (une noix est profitable, une seconde nuisible, une troisième mortelle). Et, de fait, des accidents ont été signalés lors de la consommation intempestive de noix. Les symptômes s'apparentent à l'ivresse alcoolique : assoupissement, perte de sensibilité, endormissement, sommeil interrompu par des épisodes délirants, mal de tête au réveil…

La noix de muscade a été expérimentée sur l'animal ; le poussin s'y est révélé particulièrement sensible. Très vite, sous l'effet de l'épice, il s'assied et laisse sa tête s'affaisser de côté ; la durée du sommeil se prolonge, mais ces effets néfastes ne se manifestent qu'à fortes doses, alors que quelques centigrammes suffisent à l'emploi en cuisine.

Cette réserve faite, le muscadier mâle est bien le pacha des tropiques, puisqu'il entretient autour de lui un large harem d'arbres femelles et produit une des plus précieuses et parfumées des épices.

Une fleur en bouton : le clou de girofle

Le clou de girofle figure parmi les obstacles que doit franchir, tel un parcours du combattant, tout bon étudiant en pharmacie : s'il en fait la fleur ou le fruit du giroflier, il s'attire aussitôt les foudres de son examinateur, car, comme chacun ne le sait pas, le clou de girofle est un bouton floral. Des végétaux, on utilise généralement les écorces, le bois, les feuilles, les sommités fleuries, les fruits, les graines, voire la plante entière. Le bouton, jamais… sauf dans le cas de la girofle !

Le giroflier et son clou nous ramènent en Indonésie. Non seulement les îles Moluques en sont le berceau, mais les Indonésiens ont pour habitude de fumer des cigarettes mêlant au tabac de la girofle broyée. Ce parfum entêtant et poivré embaume l'archipel.

À la différence du poivre et de la cannelle qui nous viennent de la nuit des temps, l'Antiquité gréco-romaine ne connut pas davantage le clou de girofle que la muscade. Ce furent les Chinois qui encouragèrent sa culture dans les îles d'Amboine et de Ceram, aux Moluques. La tradition rapporte que sous la dynastie des Han, deux siècles avant notre ère, les officiers de la cour impériale mâchaient des clous avant de s'adresser à l'empereur ; ils purifiaient ainsi leur haleine.

Le clou semble être apparu en Europe au IVe siècle de notre ère, amené par le commerce arabe vers 320, à l'époque du célèbre concile de Nicée, en Asie Mineure, qui nous valut le *Credo.* L'empereur Constantin, qui présidait ledit concile, en offrit au pape, resté à Rome. C'est la première mention que nous possédons de la présence de girofle en Occident. Puis on trouve dans une tombe alsacienne datant du XIe siècle une petite boîte en or contenant deux clous de girofle. C'est à partir du VIIIe siècle que le commerce de la girofle semble s'être intensifié en Méditerranée et que la nouvelle épice à commencé à se répandre dans toute l'Europe. Mais son prix reste exorbitant. Au XIVe siècle, à Sienne, elle coûte cinq fois plus cher que la muscade : c'est dire sa rareté et sa valeur ! Au début du *quattrocento,* on évoque dans *L'Enfer* de Dante « Nicolo qui, de la riche coutume du clou de girofle, fit le premier la découverte dans le jardin où cette semence prend racine ».

Qui fut ce Nicolo censé avoir introduit – et, mieux encore, planté, ce qui est sans doute inexact – le clou en

Italie ? On ne le sait pas au juste. Mais on sait comment les Portugais, puis les Hollandais s'arrogèrent l'exclusivité de la girofle à partir de la Renaissance, à l'ère des grands navigateurs. Et on se souvient des audaces de Pierre Poivre qui finit par ruiner le jaloux monopole des Hollandais sur les îles Moluques. Les Anglais introduisirent plus tard la girofle à Zanzibar, devenue grand producteur de clous de girofle. Madagascar assure une part du marché plus modeste. Quant à l'Indonésie, elle se taille toujours la part du lion.

Le giroflier est l'un des plus beaux arbres des tropiques ; son étrange forme pyramidale lui confère une originalité certaine et son feuillage persistant, d'un vert métallique, se poudre de rouge et d'or quand les bourgeons déploient leurs jeunes feuilles. La floraison qui s'effectue spontanément à l'ouverture des boutons, quand on ne récolte pas ces derniers, libère sur chaque fleur un magnifique bouquet d'étamines fines et bien dressées. Ces fleurs comportent quatre sépales épais, allongés et soudés, qui forment la base du clou. À leur extrémité, les quatre pétales blanc rosé sont destinés en principe à ne pas s'épanouir, puisque la récolte s'effectue avant.

Les arbres atteignent leur pleine production vers leur vingtième année. La récolte a lieu alors une ou deux fois l'an, lorsque les boutons commencent à rougir. Ils sont détachés à la main, séparés des pédoncules (les griffes), séchés au soleil jusqu'à leur coloration brun-rouge, puis triés en fonction de leur qualité et conditionnés en vue de leur exportation. Chaque arbre produit en moyenne deux kilos de clous secs par an. La récolte est longue et laborieuse, puisqu'elle s'effectue entièrement à la main, de même que toutes les opérations qui en découlent, ce qui explique le prix élevé des clous. Si on ne contrarie pas la floraison et la fructification par cette précoce récolte des boutons, on obtient des fruits appelés anthofles, ou mères de girofle, baies allongées couronnées par l'extrémité des quatre sépales et renfermant une graine unique.

Le clou de girofle contient une quantité tout à fait inusitée d'huile essentielle : de 15 à 20 %. D'une densité supérieure à celle de l'eau – autre originalité –, celle-ci coule dans des récipients où on la recueille après distillation. Cette essence contient pour l'essentiel de l'eugénol qui lui confère sa forte odeur d'œillet, si particulière, et une saveur piquante caractéristique de la dentisterie : qui n'a eu l'occasion de se faire poser sur une dent cariée un « eugénate », emplâtre blanc fait d'eugénol et d'oxyde de zinc, qui calme les rages de dent et protège la dent malade d'un ciment provisoire que la terrible roulette finira par éliminer promptement lors des soins.

De fait, l'essence de girofle et l'eugénol qu'elle contient possèdent des propriétés bactéricides et fongicides marquées. Elle est utilisée à ce titre en aromathérapie et entre aussi dans la composition de la « teinture d'opium safranée », le fameux « laudanum de Sydenham » que les pharmaciens conservaient jadis sous clé dans l'armoire à stupéfiants, teinture opiacée à laquelle elle confère une odeur qui évite toute confusion.

Les feuilles de giroflier, les griffes ou pédoncules floraux, les clous et l'essence elle-même sont utilisés pour l'extraction de l'eugénol. Celui-ci sert à son tour à effectuer la synthèse de la vanilline, cristaux blancs qui donnent à la vanille son odeur si caractéristique.

À la frontière de la pharmacie et de la gastronomie, citons encore la fameuse eau de mélisse des Carmes, riche en aromates et notamment en girofle. Pierre Delaveau évoque dans un langage fleuri l'apparition de la girofle sur une table bourgeoise :

« Sur la table luxueuse s'offrait dans toute sa gloire rosissante un magnifique jambon piqué de cent clous de girofle qui retrouvaient alors leur rôle attractif de fleurs en promesse. Les convives d'hésiter à croquer les clous en même temps que la chair attendrie, mais la flaveur aussitôt perçue surprenait les plus hardis, tandis que les timides à la denture souvent révisée se mettaient à confondre ce moment de délice gastronomique avec les heures d'attente et de souffrance passées chez leur dentiste. L'odeur du pansement à l'eugénate leur revenait comme la saveur de la madeleine de Proust... Bien vite, la maîtresse de maison dissipa l'impression de malaise : les clous de girofle n'étaient là que pour la décoration. »

Jambon piqueté de girofle, oignon clouté, plats relevés par la saveur piquante, amère et fruitée de l'épice : la girofle est omniprésente dans les cuisines d'Orient et d'Occident. Elle se marie avec bonheur aux autres épices fortes comme le gingembre, le poivre ou la cardamome. Les *masalas* indiens et les mélanges d'épices chinois en contiennent toujours. Chez nous, elle relève les saveurs du pot-au-feu, du court-bouillon ou de la marinade, du jambon qu'on boutonne ainsi, de la choucroute et, en

Alsace, du fameux *baeckehoffe*[1]. Elle pimente aussi les desserts aux pommes.

Dans son ouvrage si documenté sur les épices, Alain Stella indique que le grand chef Roger Verdé « suggère d'en râper un peu au-dessus d'un jus de citron ou d'orange. Le relief de saveur ainsi obtenu procure un bonheur parfait ». Si la girofle peut être utilisée moulue ou râpée, il convient de l'acheter entière, car sa mouture s'évente rapidement. Et l'auteur nous conseille : « Lorsqu'une journée d'hiver vous a transi les os et peut-être l'âme, jetez-en quelques-uns dans un vin chaud, un petit bandol, par exemple, qui s'associe bien à toutes les épices, relevé avec un soupçon de cannelle pour revivre enfin. »

Proche du giroflier, membre de la même famille des Myrtacées, figure le genre *Pimenta* dont une espèce, le *Pimenta officinalis,* fournit aux Antilles le « quatre-épices », encore nommé piment de la Jamaïque, poivre giroflé, piment giroflé ou toute-épice. Le fruit est une baie globuleuse de la grosseur d'un pois noirâtre à maturité. Ce « piment », qui n'a rien à voir avec nos piments rouges ou verts, doit son nom de « quatre-épices » à sa saveur qui évoque à la fois celle du poivre, de la girofle, de la muscade et de la cannelle. Une saveur certes originale, mais moins fine que celle des « quatre-épices » dont il porte le nom. À ne pas confondre non plus avec les mélanges d'épices, en particulier avec les

1. Spécialité alsacienne composée de pommes de terre, de viande de porc et d'agneau, disposées en couches dans un plat en terre cuite et recouvertes de pâte à pain.

fameuses « cinq-épices chinoises » ou les « sept-épices japonaises », dont il sera question plus loin.

À la Jamaïque, sur les coteaux qui dominent la mer, un puissant parfum vous surprend. Il émane d'une plantation de piments rappelant fortement l'odeur de girofle qui domine celles du poivre, de la muscade et de la cannelle. Cette épice originale n'a pas de nom particulier et refuse obstinément de fournir ses fruits ailleurs qu'en Amérique ; non moins curieusement, elle n'a jamais réussi à s'implanter dans les coutumes culinaires, que ce soit en France ou dans l'Europe du Sud. Il n'en va pas de même en Grande-Bretagne où le piment de la Jamaïque entre dans les entremets, les biscuits et les puddings, mais aussi les marinades et le bœuf salé. En cherchant bien, on en trouverait en revanche dans les formules hautement alambiquées de la Bénédictine et de la Chartreuse.

Le gingembre et son large cousinage

En 1289, le pape Nicolas IV charge le franciscain Giovanni Da Montecorvino d'établir des relations durables avec le grand khan. Cette ambassade, qui est aussi une mission, fait de Montecorvino le premier archevêque de Pékin. Odéric de Portenone rend compte en ces termes de la rencontre avec l'empereur de Chine :

« Un jour que le grand khan entrait à Cambalic [Pékin], notre évêque, ses frères mineurs et moi-même nous allâmes à sa rencontre à deux journées de la ville. Nous nous rendîmes en procession vers le souverain qui trônait sur son char. Nous portions devant nous une croix fixée sur haute hampe et nous chantions l'antienne *Veni sancte spiritus.* Lorsque nous fumes arrivés à proximité du char impérial, le grand khan ayant reconnu nos voix, nous fit avancer jusqu'à lui, et comme nous approchions, la croix haute, il se découvrit en enlevant sa coiffure dont le prix est inestimable, et fit révérence à la croix. Mais comme l'étiquette veut que personne ne paraisse jamais devant Sa Majesté sans lui faire un don, nous lui présentâmes un plat d'argent plein de fruits qu'il prit très aimablement, et fit même le geste d'en goûter un. »

Ce fruit qui n'en était pas un était du gingembre.

Pour parvenir à Pékin, le missionnaire a traversé la Turquie et la Perse. Il s'est embarqué à Ormuz, porte du golfe Persique, pour Bombay et la côte occidentale de l'Inde qu'il a atteinte en 1292. C'est là qu'il a rencontré le gingembre dont il donne la première description précise.

Quelques années auparavant, Marco Polo l'avait également vu en fleur dans de nombreuses contrées de l'Inde et de la Chine, en particulier sur la côte de Malabar, à l'ouest de la péninsule indienne. Mais, à cette époque, le gingembre avait depuis longtemps franchi les portes de l'Orient pour atteindre l'Europe. Les Grecs le connaissaient déjà probablement, par l'intermédiaire des Perses. Il leur parvenait par deux grandes voies : l'une, maritime, par le sud de l'Arabie ; l'autre, terrestre, par la route de la soie.

Pline, qui s'étonne du succès remporté par le poivre dans la Rome antique malgré son coût élevé, se montre plus indulgent pour le gingembre, s'étonnant même qu'il soit aussi fortement taxé par les fonctionnaires du fisc. Mais les Romains ne faisaient guère cas de cette épice. Aussi fallut-il attendre les croisades pour la voir pénétrer et s'imposer partout en Europe. Elle finit même par supplanter le poivre et devint, un moment, l'épice la plus utilisée. Civets, viandes, soupes épaisses – qu'on appelait porées, aujourd'hui potages – étaient relevés de poudre de gingembre. Sans doute faut-il expliquer ce brusque succès par un coût nettement inférieur à celui du poivre.

Au XIIe siècle, les médecins de l'école de Salerne, la plus brillante de son temps, vantent dans un quatrain les propriétés prêtées au gingembre :

« Au froid de l'estomac, des reins et du poumon
Le gingembre brûlant s'oppose avec raison,
Éteint la soif, ranime, excite le cerveau,
En la vieillesse éveille amour jeune et nouveau. »

À peu près à la même époque, sainte Hildegarde de Bingen, incontournable en matière d'épices et de remèdes, en fait la base de nombreux médicaments anti-infectieux : mais elle le déconseille aux hommes obèses qui, la consommant, « risqueraient de devenir ignares, inconscients, tièdes, lascifs »…

Dans son *Traité universel des drogues simples,* publié au XVIIe siècle, Nicolas Lemery exalte les propriétés supposées aphrodisiaques du rhizome asiatique : « Le petit roseau à fleurs en massue, propre pour fortifier les parties vitales…, pour réchauffer les vieillards… et exciter la semence. » En 1880, dans *L'Officine,* véritable livre de chevet des pharmaciens de l'époque, Dorveau conseille ses fameuses « pastilles du sérail » pour vaincre l'anaphrodisie ou absence du désir. Cannelle, girofle, gingembre et macis font bonne figure dans cette composition où paraissent également la vanille, le musc, le safran et l'ambre gris.

Le gingembre est aujourd'hui cultivé dans de nombreuses régions tropicales, toujours en Chine et en Inde, mais aussi à Ceylan, à la Jamaïque et sur la côte occidentale d'Afrique. Il s'agit d'une grande herbe vivace dont les tiges s'élancent d'un rhizome souterrain portant des feuilles lancéolées en forme de sabre. Les fleurs sont disposées en épis denses ; elles portent trois pétales, dont l'un, nettement plus grand et rouge vif, le labelle, est destiné à attirer les pollinisateurs. Le rhizome souterrain forme une sorte de tubercule horizontal et aplati, noueux, ramifié, fortement aromatique.

Le commerce fournit des rhizomes soit revêtus de leur écorce, soit décortiqués et nettoyés ; les premiers correspondent au gingembre gris, les seconds au gingembre blanc ; ce dernier est le plus fréquemment utilisé.

L'identification ne fait aucun doute, car ces rhizomes sont cerclés d'anneaux caractéristiques. L'odeur, la saveur chaude et piquante sont dues à la présence d'une huile essentielle et d'une résine ; c'est celle-ci qui renferme les principes piquants, notamment la zingérone.

En 1783, Chambon, rapporté par Henri Leclerc, nous fournit un document intéressant sur la consommation du gingembre en France :

« Je trouve dans un état arrêté en 1688 qu'il était entré dans le port de Marseille mille cent trente quintaux de gingembre du cru de nos isles et que le prix courant était de douze à quatorze livres le cent pesant. La consommation de cette denrée a augmenté depuis, mais non pas proportionnellement aux autres productions de l'Amérique, ce que j'attribue au luxe qui a gagné les campagnes et qui fait imaginer aux plus pauvres villageois qu'il y a de la gloire à user plutôt du poivre que du gingembre, par la seule raison qu'il est plus cher et que les gens riches en font usage. »

Aujourd'hui, le gingembre a perdu son prestige d'antan, quand il était, avec la cannelle, plus consommé que le poivre. En revanche, en Angleterre et aux États-Unis, il entre dans la composition de plusieurs boissons : ginger-ale, ginger-beer, ginger-brandy et même… ginger-champagne et ginger-wine ! Leclerc note avec humour qu'en France « le gingembre n'est guère connu que des maquignons qui utilisent sa poudre comme topique rectal pour forcer les chevaux à relever la queue, signe de vigueur et de race toujours apprécié des fervents de l'hippisme. Il mériterait cependant mieux, ajoute-t-il, que d'en être réduit à ce rôle humiliant… ».

Épice polymorphe et ambiguë, le gingembre exalte aussi bien le salé que le sucré ; aussi bien le canard, pour le changer des traditionnelles oranges, qu'une confiture ou une compote ; il entre aussi dans des confiseries, soit confit dans du sirop, soit roulé dans du sucre.

En Angleterre, à l'heure du thé, biscuits, gâteaux, tartes, confitures, pains d'épice entretiennent une forte consommation de gingembre (sans oublier les chewing-gums !). Au Japon, le fameux sushi, poisson cru accommodé au riz, ne saurait se consommer sans le fameux *gari* : du gingembre mariné dans du vinaigre sucré de couleur rose chair, qui accompagne traditionnellement ce grand mets national.

Mais voici qu'à la différence de la plupart des épices qui ont raté leur carrière thérapeutique, le gingembre semble présenter quelques propriétés spécifiques confirmées par des essais pharmacologiques et cliniques récents. Déjà paré en Inde d'une heureuse réputation en médecine ayurvédique, les auteurs de ce pays ont montré que sa consommation régulière abaisse la teneur en cholestérol. En France, le rhizome a été récemment inscrit sur la liste des plantes susceptibles d'entrer dans la composition de phytomédicaments, sans nécessiter pour autant une autorisation de mise sur le marché (A.M.M.) classique. En raison de son utilisation ancienne en médecine traditionnelle, il bénéficie en effet d'une A.M.M. allégée, avec pour indication thérapeutique le « mal des transports ». On a pu en effet mettre en évidence ses effets antiémétiques, et, comme pour toutes les épices, son rôle de stimulant des sécrétions salivaires et gastriques. À la dose usuelle de un gramme par jour, on le préconise aussi dans les nausées postopératoires ou liées à la grossesse. Un tel usage ne comporte aucun risque, car le rhizome n'est pas toxique et ne produit aucun effet secondaire. On a enfin trouvé qu'un des constituants essentiels de sa résine, le gingérol, présente des effets cholagogues et hépatoprotecteurs sur des cellules hépatiques de rats intoxiquées au tétrachlorure de carbone. Ces effets rejoignent ceux d'une épice proche du gingembre : le curcuma.

L'écologie du gingembre nous révèle d'étranges relations, passionnantes et passionnées, avec les fourmis.

Lorsque ses fleurs encore en boutons sont enfermées dans une sorte de gros épi rouge formé d'écailles imbriquées, on les voit flirter avec des fourmis « vigiles » attirées par de minuscules glandes productrices d'un nectar « spécial fourmis »... Ainsi nourries, celles-ci défendent avec ardeur ces boutons contre l'appétit dévastateur de gros coléoptères et autres chenilles qui aiment se repaître des tissus des fleurs encore jeunes avant qu'elles ne s'ouvrent pour être fécondées.

Puis les fleurs s'ouvrent et offrent en quelque sorte un second service sous la forme d'un nectar abondant, totalement différent, destiné à nourrir les colibris pollinisateurs. Mais les fourmis ne sont pas congédiées pour autant. Mieux : la fleur les nourrit en leur offrant une troisième sorte de nectar spécial, tout à fait inconsommable par les oiseaux, sécrété par de petites glandes distributrices.

Pourquoi tant de sollicitude ? Tout simplement parce que de grosses abeilles à bois, dites « abeilles charpentières », aiment disputer aux colibris le précieux nectar de la fleur sans pour autant la polliniser. C'est à ces abeilles que les fourmis s'attaquent désormais, laissant le chemin libre aux oiseaux. Malheureuses abeilles qui voient se dresser contre elles des bataillons de ces farouches fourmis comme pour leur signifier péremptoirement : « Circulez ! Il n'y a rien à... boire ! »

Cette magnifique collaboration entre les fleurs du gingembre et des fourmis qui interviennent à deux stades différents de l'évolution de ces fleurs est d'autant plus surprenante qu'elle est carrément gratuite. En effet, le gingembre, par ses rhizomes, possède un puissant moyen de multiplication végétative qui lui permettrait sans doute de se perpétuer sans avoir recours à la fleur ni à la graine. C'est bien ce que font d'ailleurs les bananes, leurs très lointaines cousines. Mais tout se passe ici comme si la plante avait voulu mettre toutes les chances de son côté et se payer en quelque sorte le luxe d'un double système de reproduction également efficace : l'un, enterré, par les rhizomes ; l'autre, aérien, par les fleurs.

Des fleurs qui, en l'occurrence, manipulent habilement les fourmis, lesquelles reçoivent un salaire en nature sous forme de nectar pour les gardes qu'elles assurent ; Mais qui inféodent aussi les colibris, ceux-ci recevant à leur tour un nectar qui leur est spécialement destiné en guise de récompense pour le soin qu'ils mettent à les polliniser. Bref, les fleurs de gingembre tiennent ouverts tout à la fois une buvette à fourmis et un bar à colibris !

Le curcuma rond ou long

« Un autre genre de *Cyperus* originaire de l'Inde ressemble au gingembre : il possède, lorsqu'on le mâche, les propriétés du safran. » C'est ainsi que Dioscoride, médecin et chirurgien des armées de Néron, décrit ce frère jumeau du gingembre qui n'est en aucune manière un *Cyperus,* mais bien le curcuma, aisément identifiable par l'allusion au safran dont il partage le fort pouvoir colorant.

Originaire de Malaisie et de l'Inde, le curcuma est cultivé depuis les temps les plus reculés. En Asie du Sud et du Sud-Est, les habitants l'utilisent comme épice, mais aussi comme colorant sous le nom de « safran des Indes », bien qu'il n'ait aucune espèce de parenté avec notre safran.

Comme le gingembre, le curcuma est une grande herbe vivace possédant un puissant rhizome. Elle porte des épis serrés de fort jolies fleurs à labelles pourpres.

Selon qu'il s'agit du rhizome principal ou d'un rhizome secondaire prenant naissance sur le premier, on parle de curcuma long ou de curcuma rond. Les rhizomes du curcuma long se laissent facilement casser aux nœuds et révèlent sur la coupe une forte coloration jaune rougeâtre dégageant une odeur caractéristique. Il contient une huile essentielle et des matières colorantes jaunes : les curcumines.

En vertu de l'antique « théorie des signatures », cette forte couleur jaune n'a pas manqué d'indiquer le curcuma dans le traitement des maladies du foie qui se manifestent par une jaunisse. Selon cette théorie, la nature – ou son Créateur – aurait marqué d'un signe aisément décelable les différentes propriétés des plantes. Présente dans la pensée traditionnelle des cinq continents, cette croyance exprime sans doute la volonté persistante de reconnaître un ordre régnant au cœur de la nature, là où la pensée moderne ne distingue que du chaos. Plus simplement, d'aucuns y ont vu un moyen mnémotechnique de se rappeler de génération en génération les subtiles vertus des plantes. Mais une telle approche peut paraître un peu courte et il n'est pas interdit de voir dans cette théorie, formalisée au XVIe siècle par Paracelse et Jean-Baptiste Porta, un mode original et universel d'appréhension de l'univers – un univers profondément signifiant où le moderne concept de hasard n'aurait pas sa place. Voici en tout cas que ce mode de lecture de la nature, si caractéristique de la pensée traditionnelle, et qui nous semble aujourd'hui plutôt bizarre, pour ne pas dire aberrant, se confirme en tous points dans le cas du curcuma.

La curcumine proprement dite, ou curcumine I, exerce en effet une action protectrice sur les cellules hépatiques de souris intoxiquées par un poison classique du foie : le tétrachlorure de carbone. Une espèce sœur du *Curcuma longa,* le *Curcuma xantorrhiza,* à racines jaunes, dont la composition chimique est très proche de celle du curcuma long, fournit d'ailleurs une drogue réputée cholagogue et cholérétique, notamment utilisée en Allemagne.

Mais le curcuma et les curcumines sont aussi des colorants reconnus et très largement utilisés comme additifs alimentaires. La curcumine figure au *Journal officiel* du 1er juin 1975 sous le code E 100-E ; à ce titre, on s'en sert pour colorer « les moutardes (autres que les moutardes vertes), le beurre, les fromages, les laits aromatisés, les graisses, à l'exception des margarines, les bouillons et potages, condiments, sauces (à l'exception de la mayonnaise), les produits de charcuterie et salaisons, confitures, gelées, sucreries, pastillages, bonbons, glaces, pâtes de fruits, caviar et succédanés, crevettes, sirops (à l'exception des sirops de cassis, framboise, groseille et guignolet), croûtes de fromages ». Telle est la liste exhaustive des produits alimentaires susceptibles d'être colorés à la curcumine, dressée par la Direction de la concurrence, de la consommation et de la répression des fraudes en 1980.

C'est d'ailleurs au double titre d'épice et de colorant que la poudre de curcuma entre dans les diverses compositions de carrys qui assaisonnent le riz à l'indienne et lui confèrent sa belle couleur jaune. La poudre de carry, on l'a vu, n'est pas définie par une composition précise, mais on y trouve généralement du gingembre, du curcuma, du poivre, de la cardamome, de la coriandre et parfois du piment et de la cannelle.

Proches cousins du gingembre et du curcuma, le *zédoaire* et le *galanga* fournissent eux aussi leurs rhizomes et appartiennent à la même famille des Zingibéracées. Ces épices odorantes utilisées en Orient étaient inconnues des Anciens et n'ont pas fait carrière en Occident. On note cependant leur présence dans la formule alambiquée du célèbre alcoolat de Fioravanti que tout pharmacien d'âge mûr a jadis humé dans les officines, et dont le parfum est tout simplement extraordinaire. On le recommandait autrefois, comme aujourd'hui la teinture d'arnica, pour le traitement par voie externe des coups et blessures.

Cardamome et graine du paradis

Le voyage se poursuit au cœur de la famille des Zingibéracées qui semble avoir été inventée tout exprès pour nous fournir en épices, tant elle en est prodigue.

« La graine de cardamome est la seule épice qui nous est livrée naturellement scellée dans une enveloppe, le fruit séché qui la contient. Cette distinction symbolise à merveille le caractère précieux et délicat de cette menue graine brune retenue, avec une dizaine d'autres, dans un petit fruit oblong d'un à deux centimètres. Avec la vanille et le safran, la cardamome est l'épice la plus chère. Mais aussi la plus tendre aux papilles de toutes les épices relevées. La mettre en bouche provoque une suite de belles émotions : on la suçote d'abord pour mieux goûter le velouté de sa texture et le sucré qui l'enrobe, on la croque ensuite pour délivrer la généreuse palette de ses sublimes flaveurs qui font danser ensemble le citronné, le camphre et la bergamote. Et cet extraordinaire composé demeure long en bouche, comme s'il voulait longtemps vous faire rêver des Monts des Cardamomes où tout a commencé. »

C'est en ces termes élégants et parfumés qu'Alain Stella fait l'éloge de cette épice précieuse et peu connue.

Les cardamomes ont en effet baptisé une chaîne de montagnes qui domine la plaine du Kerala et la côte de Malabar, à l'extrême sud-ouest de l'Inde, « la région du monde la mieux épicée ». Ici, « dans le clair-obscur des grands arbres tropicaux où pépient de concert les oiseaux chanteurs, s'élèvent de courts massifs formés de longues feuilles où se dressent des hampes florales en épis beaucoup moins denses que celles du gingembre ou du curcuma ». Chez ces derniers, les fleurs, chacune insérée à l'aisselle d'une bractée, forment ces ensembles floraux contractés si caractéristiques de la flore des tropiques, dans le style *sui generis* des Strelitzia ou des Heliconias qui accompagnent si souvent un retour des Antilles. Dans le cas des cardamomes, la nature a étiré la hampe, chaque fleur est bien individualisée à l'aisselle de sa bractée. Les fleurs blanches, veinées de violet, atteignent leur pleine floraison d'avril à août et donnent des capsules allongées contenant une vingtaine de graines noires et aromatiques.

Ces fruits sont récoltés aux ciseaux quand ils commencent à tirer vers le jaune, la récolte s'étendant sur trois ou quatre mois ; puis ils sont séchés et commercialisés entiers, ce qui rend impossible toute fraude sur les graines. C'est au consommateur de décortiquer ces fruits secs pour dégager les graines que l'on utilisera pilées ou moulues. Comme il existe toute une collection de cardamomes appartenant à trois genres voisins – *Eletaria, Amomum* et *Aframomum* –, il est difficile de savoir de quelle épice parlaient Théophraste et Dioscoride quand ils vantaient l'un et l'autre l'odeur forte, suave et chaude de cette épice connue de l'Antiquité.

Elle reste aujourd'hui l'une des composantes essentielles de la cuisine indienne, entrant dans la composition des mélanges appelés *masalas.* Très utilisée au Moyen-Orient pour parfumer le café et le thé dont elle adoucit l'amertume, elle connut jadis de multiples indications médicinales aujourd'hui tombées en désuétude. L'histoire ne dit pas non plus si les légionnaires romains qui empestaient l'ail l'utilisaient pour masquer son odeur si tenace ; c'est pourtant là une indication traditionnelle de la cardamome soulignée par Leclerc. En Europe, les Suédois en font un gros usage, car elle entre dans la composition de l'aquavit.

Avec la *maniguette,* on change de continent. Nous voici sur la côte occidentale de l'Afrique, qui ne produit que cette seule épice, hors le poivre à queue dont il a été question plus haut. Ces deux épices, provenant des mêmes régions et possédant des saveurs et des arômes voisins, ont d'ailleurs été souvent confondues. Au XIVe siècle, les navigateurs dieppois en rapportèrent de pleines cargaisons, relayés ensuite par les Portugais.

Son origine est restée longtemps mystérieuse ; aussi l'appelait-on « graine de paradis ». Pourtant, la maniguette ne vaut pas le poivre et cette épice ne connaît plus aujourd'hui qu'un succès mitigé. À force d'être considérée comme un succédané du poivre, elle finit sa carrière occidentale en servant à falsifier le poivre en poudre... Les temps sont loin où *Le Viandier* de Taillevent et *Le Mesnagier de Paris,* fameux ouvrages de cuisine de la fin du Moyen Âge, chantaient la gloire de cette épice !

Hormis la maniguette et le poivre à queue, l'un et l'autre d'un intérêt assez secondaire, force est de constater la pauvreté du continent africain en épices, comme si la nature avait assigné aux plus prestigieuses de celles-ci les flores riches et diversifiées du Sud-Est asiatique. Sitôt franchie la passe de Khyber qui relie le haut massif irano-afghan aux basses plaines du sous-continent indien, arômes et parfums, saveurs et flaveurs vous saisissent d'emblée. Fini l'odeur de suint et de mouton rôti propre à l'Afghanistan, dont la nourriture paraît bien commune et fade face aux mets corsés et roboratifs des vallées de l'Indus et du Gange !

Dans la chaleur moite de l'Inde, les épices apportent partout leur note forte et suave.

Mais que dit l'Amérique ?

Une gousse qui n'en est pas une : la vanille

Dans les Alpes, au-dessus de l'étage forestier, le regard porte à l'infini sur les sommets enneigés. La pelouse est rase, piquetée de fleurs minuscules aux corolles éclatantes. Le bleu des gentianes rivalise avec celui du ciel tandis que de petits épis de fleurs brun foncé, presque noirs, denses, courts, ovoïdes, de la taille d'une noisette, pointent çà et là. Vous avez reconnu la nigritelle noire, ou Orchis vanille ; et comme il s'agit d'une plante protégée, vous éviterez de la récolter. Mais rien ne vous interdit d'en humer le parfum. Vous sentirez alors une très forte odeur de vanille, et vous identifierez immédiatement la famille de cette plante minuscule : les Orchidées, dont seules quelques représentantes sont capables d'élaborer un arôme aussi suave, notamment les plantes américaines du genre *Vanilla.*

Le vanillier est une liane d'Amérique centrale, abondante au Mexique et découverte dès le XVIe siècle par les Espagnols qui l'appelèrent *vainilla,* diminutif de *vaina* (gousse). La vanille porte donc de petites « gousses ». C'est un officier du célèbre conquistador Hernán Cortés qui décrivit le premier l'usage de cette épice. L'empereur Moctezuma, chef suprême des Aztèques, la consommait alors avec un breuvage préparé à partir du cacaoyer, le « tchocolatl ». C'est du franciscain Bernardino de Sahagun que nous tenons la première description détaillée de la vanille, de son commerce, de sa culture et de ses usages.

« Gousses » de vanille et cabosses de cacao arrivèrent en Espagne dès la seconde moitié du XVIe siècle.

Les « gousses » de vanille furent d'abord importées d'Amérique, puis, à partir du XIXe siècle, des plants furent expédiés à Java, à la Réunion, à Maurice et à Madagascar pour tenter de la cultiver. Mais ces plants restèrent obstinément stériles, refusant de produire la moindre « gousse ». Les Espagnols avaient d'ailleurs connu de pareils déboires en espérant la cultiver en Espagne même : les fleurs s'épanouissaient mais ne formaient jamais de fruits. La stérilité frappant les vanilles hors de leur pays d'origine aiguisa la curiosité des botanistes qui se penchèrent sur l'architecture de la fleur et sur son mode de pollinisation.

La vanille est typiquement une orchidée. Elle partage avec d'autres plantes de cette famille un port lianescent et la capacité d'émettre à partir de sa tige principale des racines qui s'en échappent et pendent vers le sol. Les feuilles sont elles aussi typiques de la famille des Orchidées et de la classe des Monocotylédones à laquelle ce végétal appartient : allongées, pendantes, elles possèdent des nervures qui, à l'instar des droites parallèles, ne se coupent jamais. Les fleurs possèdent six pétales blancs, dont l'un en forme de cornet à bord frangé, le labelle. Celui-ci enveloppe et recouvre un organe central résultant de la soudure du filet de l'unique étamine au style prolongeant l'ovaire. Cet organe mixte, le gynostème, surmonte l'ovaire très allongé, formé de trois loges riches d'une multitude d'ovules minuscules. Entre l'organe mâle et l'organe femelle, l'étamine et le stigmate, se dresse une barrière infranchissable appelée *rostellum,* qui rend impossible toute autofécondation directe de la fleur : le pollen, bloqué par ce *rostellum,* ne peut pas tomber sur le stigmate.

Il a fallu du temps pour que les botanistes finissent par repérer les insectes capables de pénétrer dans le labelle, de s'emparer des masses polliniques et de les transporter sur le stigmate femelle d'une autre fleur, après avoir soigneusement relevé le *rostellum.* Il s'agit d'Hyménoptères du groupe des abeilles mélipones. Une fois la fleur pollinisée et fécondée, elle se fane et l'ovaire se développe en neuf mois environ pour donner une longue capsule improprement appelée « gousse ». Alors que les vraies gousses, caractéristiques des Légumineuses (petits pois ou haricots), sont formées d'un seul carpelle, cette feuille modifiée qui porte les ovules, ici, au contraire, il y en a trois. L'appellation de gousse donnée au fruit de la vanille s'explique par le fait que cette capsule, bien que formée de trois carpelles, ne s'ouvre que par deux valves, ce qui est le caractère spécifique des gousses.

Ayant identifié l'insecte responsable de la pollinisation des orchidées, l'on s'aperçut qu'il n'en existait nulle part ailleurs au monde qu'en Amérique centrale. Et nulle part ailleurs au monde aucun insecte n'est non plus capable de le remplacer, lui qui a acquis en quelque sorte cette spécialité : apprivoiser l'architecture subtile de la fleur d'orchidée, la pénétrer, maîtriser le *rostellum,* cette sorte d'hymen qui protège la partie réceptive femelle, et donc réussir la pollinisation.

Mais voici qu'apparaît un personnage haut en couleur, le jeune Edmond Albius qui, malgré son nom, était un esclave noir de l'île de la Réunion. C'est à lui qu'on attribue – peut-être à tort ? – l'idée d'avoir le premier inventé, en 1841, la fécondation assistée des Orchidées. Muni d'une fine aiguille, et par une habile manœuvre, il transporta le pollen sur le stigmate femelle, évitant habilement la barrière naturelle du *rostellum.* Un roman intitulé *Les Vanilliers,* de Georges Limbour, publié en 1938, a très élégamment raconté cette histoire d'Edmond Albius. Dans une plantation de vanilliers où le jeune esclave s'était réfugié et avait fait connaître pour la première fois les joies de l'amour à sa petite Jeannette, Edmond s'amuse à faire crisser les dents du peigne de la jeune fille et finit par en casser une. L'idée lui vient alors de l'enfoncer dans la fleur : « Tandis qu'il insinuait avec précaution l'épine entre les pétales, Jeannette s'écria : "Oh ! Maintenant, c'est aussi une femme ! Peut-être qu'elle deviendra très belle et qu'elle aura des enfants ?..." » On goûtera la métaphore : car c'est bien avec une aiguille que les femmes pratiquent la pollinisation artificielle des vanilliers plantés loin de leur patrie d'origine.

Un étudiant qui n'avait pas très bien compris la subtilité du processus indiqua dans sa copie que « la fleur du vanillier était fécondée par du pollen humain » – autrement dit par la semence de l'homme, en quelque sorte ! Quel monstre eût engendré une pareille dérogation aux lois de la nature ? En fait, elle est plus exactement pollinisée par la femme – de celles qu'à la Réunion on appelle précisément des « marieuses »...

Poussant sur la côte au vent, la plus arrosée mais aussi la plus exposée aux cyclones, les vanilliers sont protégés dans les sous-bois ombragés où ils grimpent le long des filaos, ces pseudoconifères qui peuplent les littoraux des tropiques et font de si jolis arbres de Noël. Mais ils peuvent aussi escalader d'autres arbres, voire de simples tuteurs. Avec l'ombre et la pluie, la vanille trouve les conditions optimales de son développement.

À maturité, soit neuf mois après le « mariage », les « gousses », qui ressemblent à de grands haricots verts, commencent à jaunir. Il importe de les récolter à point : trop tôt, elles manqueraient de parfum ; trop tard, elles s'ouvriraient spontanément et perdraient tout intérêt.

Verte, la vanille n'émet aucune odeur. Il faudra donc lui faire subir un long travail de préparation et de maturation. Dans une première étape, les « gousses » sont plongées dans l'eau chaude, puis empilées dans des caisses capitonnées de laine durant une douzaine d'heures pendant lesquelles elles commencent à virer au brun. Suivent des alternances d'exposition au soleil et au four, puis une longue période durant laquelle les gousses sont enfermées dans des caisses. L'opération dure à nouveau neuf mois, comme s'il fallait deux gestations pour produire enfin l'épice mûre.

Les enzymes libérées pendant ces longues opérations de maturation attaquent les substances présentes dans la vanille fraîche et les transforment en vanilline, tandis que le parfum de cet aldéhyde se développe et se renforce. En fin d'opération, on obtient des capsules allongées, ridées, brun foncé, luisantes, souvent givrées de cristaux de vanilline.

Mais la vanilline n'est pas le seul constituant actif de la vanille. D'autres substances s'y mêlent, contribuant ainsi à l'arôme très fin des gousses. Celles-ci ne peuvent donc se comparer à la vanilline pure qui a une odeur plus abrupte, moins subtile. Entre la gousse et la vanilline, il y a toute la différence qui existe entre une huile essentielle aux composants multiples et son principe actif dominant, ou encore un grand cru d'un simple marc.

La vanille parfume les crèmes, les pâtisseries, les entremets, les glaces, les sorbets, et règne sur la cuisine sucrée. Elle corrige, dans la composition du chocolat, l'amertume du cacao. C'est grâce à elle que celui-ci connut en Europe, au XVIIIe siècle, un extraordinaire engouement.

Si 90 % des besoins mondiaux sont couverts par la production d'arômes de synthèse, la production de gousses n'a cependant pas cessé de progresser au cours des dernières décennies. Les États-Unis en sont les premiers consommateurs. Depuis bien longtemps le Mexique n'est plus le principal producteur, ce rôle revenant à Madagascar et, dans une moindre mesure, aux Comores et à l'Indonésie qui se sont peu à peu affirmés sur les marchés. La Réunion, qui produit des vanilles d'excellente qualité, dites « vanilles Bourbon », exporte essentiellement sa production vers la métropole et l'Europe centrale.

La production mondiale est actuellement d'environ mille cinq cents tonnes annuelles. Hormis *Vanilla planifolia,* il existe à Tahiti *Vanilla tahitensis,* produite en très faible quantité, mais dont le parfum fait les délices des meilleurs gourmets, car elle contient des dérivés à l'odeur anisée.

Comme toute marchandise de grand prix, la vanille a subi des falsifications. La plus usuelle, mais aussi la plus subtile, consiste à répandre sur les gousses des cristaux de vanilline synthétique. Un examen attentif déjouera ce piège car, dans la vanille naturelle, le givre est inégalement réparti sur la gousse, et les cristaux s'y manifestent dans le plus parfait désordre, ce qui n'est pas le cas pour la vanilline de synthèse.

Contrairement à la plupart des épices, la vanille, si longue à produire, intensifie son arôme en vieillissant. À condition de la laver et de la sécher, une gousse peut même servir deux fois. Jadis, il était d'usage de conserver les gousses de vanille dans du sucre en poudre qui s'imprégnait alors de sa senteur. On pouvait en arroser délicatement tartes, compotes et confitures.

La vanille est aussi associée à la saveur du rhum, du punch, voire du café et du thé, comme à l'île Maurice. Henri Leclerc n'a pas tort de faire le panégyrique de cette épice hors du commun lorsqu'il écrit :

« De tous les produits d'outre-mer, la vanille est celui qui permet à l'art culinaire et à l'industrie du confiseur de réaliser les compositions les plus suaves : comme les fées qui transmuaient en perles fines et en pierres précieuses tous les objets que touchait leur baguette, par son seul contact elle donne aux préparations les plus banales une fragrance aristocratique… Elle est l'âme de toutes les chatteries, ainsi nommées sans doute parce que rien qu'à les voir, rien qu'à en aspirer les effluves, le gourmet arrondit sa main comme la patte du chat lorsque, de ses yeux d'or, il guette quelque morceau friand dans l'assiette de son maître… Vanille, café, cacao forment une triade où le soleil des tropiques semble avoir enclos sous une livrée d'ébène ou de bure les senteurs et les saveurs les plus alliciantes, et c'est de leur alliance que naissent ces chefs-d'œuvre qui, sous la signature des Marquis, des Fouchet, des Boissier, atteignent le *nec plus ultra* de la perfection, et font proclamer dans l'univers entier la gloire de la chocolaterie française... »

Les piments qui vous enlèvent la bouche

Le poivre ouvrait le banc, les piments le ferment. Poivre de Cayenne, piment du diable, tabasco, harissa, carry ou curry, paprika, chili : les piments sont partout où l'on pimente la vie. Mais rien n'est plus malaisé que de se retrouver dans les multiples variétés de piments sélectionnés depuis des temps fort reculés par jardiniers et horticulteurs. Et il est non moins difficile d'établir les formules précises des mélanges composés à base de piment, tels le tabasco, la harissa ou le carry dont les formules varient d'une région à l'autre au gré des coutumes locales.

Le piment est le poivre d'Amérique, la seule grande épice, avec la vanille, fournie par ce continent. Dans une lettre adressée au chapitre de la cathédrale de Séville, Changa, médecin de Christophe Colomb, raconta avoir vu à Hispaniola – aujourd'hui Haïti et Saint-Domingue – les indigènes se nourrir d'une racine nommée *âgé* (igname), assaisonnée d'une épice nommée *agi* (piment)... Des fouilles archéologiques menées au Mexique ont permis de préciser que le piment y était déjà consommé sept mille ans avant notre ère. Et, deux mille ans plus tard, il y était déjà cultivé, ce qui en fait une des premières plantes alimentaires à l'avoir été sur le continent américain.

Mais le mot « piment » avait précédé l'arrivée de la plante en Europe. Il désignait dès le XIIe siècle une boisson épicée et stimulante. Son nom dérive sans doute du latin *pigmentum,* colorant, devenu, dans le sens du bas latin, « épice » et « aromate ». C'est seulement au XVIIe siècle que le poivre d'Amérique est désigné sous ce nom. Puis, en 1789, apparaît le mot « poivron » pour désigner le fruit du piment doux. Le « poivrot » a un nez rouge comme un poivron... En 1846 apparaît le terme « paprika ». À cette date, le piment s'est déjà largement diffusé à travers le monde. L'Inde, jamais en reste quand il s'agit d'épices, l'a adopté, ainsi que de nombreux autres pays comme l'Espagne, la Hongrie et l'Afrique du Nord.

Pour les botanistes, il existe deux espèces principales : *Capsicum annuum,* le poivron ou piment doux, et *Capsicum frutescens,* le piment de Cayenne ou piment enragé. Le premier est une espèce annuelle ; le second, une vivace. Les deux espèces produisent à maturité une baie lisse et peu charnue contenant de nombreuses graines. Verte d'abord, elle vire ensuite au jaune, à l'orange ou au rouge vif selon les variétés.

Tous les piments présentent des compositions chimiques analogues. D'abord, des principes colorants appartenant au vaste groupe des caroténoïdes, les pigments classiques de la carotte : parmi ceux-ci, la capsanthine, colorant jaune, la capsorubine, rouge vif, et l'alphacarotène, rouge orangé. Ces substances colorantes sont solubles dans les huiles ; d'où la couleur que prennent les condiments huileux à base de piment. Ce sont toutes des provitamines A que l'organisme transforme en vitamine A.

Les piments sont également riches en vitamine C, ou acide ascorbique, plus abondante dans le piment doux que dans le piment enragé. C'est d'ailleurs du paprika, variété de piment doux, que le célèbre biochimiste hongrois Szent Gyorgyi a isolé, dès 1933 et pour la première fois, l'acide ascorbique en quantité notable. Avant la synthèse de cette vitamine C à partir du glucose, le paprika représentait, parallèlement aux agrumes, une des principales matières premières utilisées pour son extraction. Mais cette teneur en vitamine C baisse fortement lors de la dessiccation, alors qu'elle s'accroît au fur et à mesure de la maturation du fruit.

Une seconde série de constituants correspond au groupe des capsaïsinoïdes, dont le représentant le plus important est la capsaïcine : c'est elle qui confère aux piments leur saveur piquante. À peine présente dans les poivrons, elle peut dépasser 1 % dans les espèces les plus agressives ; elle est plus abondante dans les graines que dans le fruit. Si le fruit vous emporte la bouche, les graines, elles, y mettent le feu !

Les piments à forte teneur en capsaïcine sont utilisés depuis toujours comme révulsifs, par exemple dans la ouate thermogène. Mais des études plus récentes ont mis en évidence une activité sur les neurones sensibles à la douleur, au niveau du thalamus situé à la base du cerveau. Aussi les États-Unis en ont-ils fait une pommade antalgique utilisée dans les prurits et les névralgies, notamment celles consécutives à l'herpès. Il n'est pas impossible que ces propriétés antalgiques trouvent dans le futur de nouvelles indications thérapeutiques.

Les piments passent aussi pour réduire l'état d'ivresse et le mal de mer. Ils donnent du tonus et ont récemment connu une nouvelle application : en Californie, la capsaïcine entre dans la composition des aérosols présentés en bombe d'autodéfense ; un jet de capsaïcine désarme aussitôt l'agresseur…

Alors qu'ils ne débutent que modestement en thérapeutique, les piments occupent une place essentielle dans l'alimentation. Lorsque Cortés et ses conquistadores pénétrèrent en terre aztèque, grande fut leur stupeur à boire pour la première fois du chocolat relevé par ces brûlantes baies rouges… Ce breuvage fut alors baptisé *chili,* nom qui fut ensuite conservé pour désigner les petits piments très fort issus des pays chauds.

Aujourd'hui, le piment est utilisé au Mexique sous forme de sauce piquante, la *salsa,* présente sur toutes les tables. En Espagne, les piments doux se marient traditionnellement au gaspacho et à la paella ; viandes et poissons grillés sont accompagnés de petits piments macérés dans du vinaigre.

La Hongrie cultive une variété de piment doux, le célèbre *paprika* ; réduit en poudre, ce piment rouge sert d'épice nationale. Les Hongrois ont classé leurs paprikas selon une gamme allant des plus doux au plus piquants ; les doux sont les plus utilisés, et l'extradoux sert à l'assaisonnement des goulaschs.

L'Asie fut très tôt conquise, et en Inde les variétés

les plus piquantes sont les mieux accueillies ; leur production l'emporte aujourd'hui sur celle de toutes les autres épices. Elles entrent dans les *masalas,* ces épices composées, et dans le chili en poudre, variété brûlante nettement plus forte encore que le chili mexicain.

Mais le « top » revient au piment lombok, d'une île voisine de Bali qui produit du piment censé vous emporter non seulement la bouche, mais la tête. On le considère comme le plus fort de tous ; il sert à relever le riz, tout comme le pili-pili répandu en Afrique relève la fadeur du manioc, et comme l'harissa est indispensable en Afrique du Nord à la réussite d'un bon couscous.

N'oublions pas non plus les Anglo-Saxons qui raffolent des pickles et des piccalillis, formules complexes renfermant des piments.

Ainsi, du paprika ultradoux, emblématique de la Hongrie, au lombok ultradur d'Indonésie, on parcourt une riche palette de saveurs plus ou moins brûlantes qui font du piment l'épice la plus utilisée dans le monde et, de surcroît, un aliment très riche en vitamine C.

Aux États-Unis, le Texas limitrophe du Mexique est un grand consommateur de piment, indissociable de la fameuse cuisine *tex mex* dont le *nec plus ultra* est le fameux « chili con carne », ragoût de bœuf aux haricots rouges fort apprécié des cow-boys au XIXe siècle et dont le goût est en passe de se répandre en Europe.

En France, autour du village d'Espelette, au cœur du Pays basque, la culture du piment est une tradition séculaire. Il s'agit ici du piment doux dont les beaux fruits rouges et lisses sont enfilés sur des cordes et mis à sécher sur les blanches façades des maisons basques. Chaque année, en octobre, se tient la fête patronale où les chevaliers de la Confrérie du Piment d'Espelette intronisent leurs nouveaux membres. Le village entier s'orne alors de piments, mais l'histoire ne dit pas s'il songe en même temps au panda chinois, cet ourson si touchant découvert à la fin du siècle dernier par un missionnaire, enfant du village, le père David, et qui est devenu le symbole mondial de la protection de la nature[1].

Le piment d'Espelette est le fruit d'un terroir et a récemment bénéficié d'une AOC (Appellation d'origine contrôlée), à l'instar d'un grand cru…

1. Voir mon ouvrage, *La Cannelle et le Panda,* Fayard, 1999.

CHAPITRE VI

Les épices indigènes

Le safran, fleur aux stigmates…

La neige s'est retirée, les pelouses encore rases se piquettent du jaune étincelant des crocus. Le safran est un crocus en tout point semblable à ces taches d'or qui égaient les toutes premières journées du printemps. Ce *Crocus vernus* est apprécié pour sa floraison précoce et fait partie, avec les perce-neige, des signes avant-coureurs des beaux jours.

Le safran *Crocus sativus* est un proche cousin de nos crocus printaniers. Il fait partie des plantes citées dans la mythologie grecque et *Les Métamorphoses* d'Ovide. Comme l'adonis ou le peuplier, la myrrhe ou le narcisse, tous personnages métamorphosés en plantes, Ovide met en scène Crocos, ami de Mercure. Alors qu'il jouait au disque avec le dieu du Commerce et de l'Intelligence, un coup malheureux l'atteignit au front et l'étendit raide mort ; du sol baigné de son sang naquit le safran. Quant à la jeune fille qui aimait Crocos, Smilax, elle fut transformée en liseron. Les botanistes du XVIIIe siècle ont conservé ces noms : Tournefort créa le genre *Crocus* pour le safran, *Smilax* désignant une liane du Mexique, la salsepareille.

Une autre légende se rapporte à l'épopée d'Alexandre le Grand. Parvenu au Cachemire en 327 avant notre ère, le conquérant grec campa avec son armée dans une vallée aride. À son réveil, le lendemain, la terre s'était couverte d'un tapis mauve qui s'était même insinué sous les chariots et les tentes. Alexandre vit dans cette invasion soudaine un présage malheureux, et décida de rebrousser chemin. Il repartit vers le sud, franchit l'Indus et suivit le cours de ce fleuve jusqu'à proximité de l'océan Indien.

À l'époque d'Alexandre, le safran était déjà connu de longue date. On trouve la trace de sa culture vers 2300 avant notre ère, à l'époque de l'empereur Sargon d'Akkad, fondateur de l'empire akkadien en Mésopotamie. En – 1700, la plante apparaît sur une célèbre fresque du palais de Minos, à Cnossos, en Crète, et également sur une peinture découverte dans l'île de Santorin, en mer Égée (– 1500) : on y voit une jeune femme récolter les stigmates de la fleur. Il est par ailleurs mentionné, avec l'encens et la myrrhe, le nard et la cannelle, dans Le Cantique des cantiques[1], attribué à Salomon mais sans doute rédigé beaucoup plus tard.

L'Égypte importait le safran de Mésopotamie, du Cachemire, d'Iran et d'Afghanistan, région d'où la plante paraît originaire. Ispahan est célèbre pour ses

1. Ct, 4, 14.

roses, mais tout autant pour son safran. Celui-ci suit la conquête arabe ; dès le Xe siècle, il est cultivé en Espagne où il le reste aujourd'hui. En France, les cultures de safran s'installent en Provence, puis dans le Gâtinais dont il a fait la célébrité.

Chacun sait reconnaître les crocus et identifierait aisément ces crocus mauves qui sont le safran. Au centre de la fleur, un style jaune s'épanouit en trois stigmates rouge-orange. C'est la partie utilisée.

La culture du safran exige une main-d'œuvre onéreuse. On plante les bulbes en juillet et on ne récolte qu'à l'automne de l'année suivante. Cette récolte se fait à la main : les styles sont coupés – opération longue et délicate – puis aussitôt séchés. Il faut pas moins de cent mille fleurs pour obtenir un kilogramme de safran sec ! D'où son prix élevé.

Les stigmates de safran contiennent du picrocrocoside (de *picros,* « amer » en grec). S'y ajoute une matière colorante, soluble dans l'eau, joliment baptisée crocoside, ou crocine.

Aujourd'hui le safran mène une double carrière de colorant et d'épice. Il donne couleur, saveur et flaveur à trois recettes emblématiques des démocraties latines : en Espagne, la paella à l'ancienne ; à Marseille, la bouillabaisse ; et à Milan, le risotto.

Mais l'Europe du Nord n'est pas en reste et il est utilisé en Suède pour la confection des « petits pains » et des gâteaux symboliques de la Sainte-Lucie, fête de la Lumière célébrée le 13 décembre. Sans doute faut-il voir dans cette coutume un hommage rendu au Soleil, longuement absent du ciel scandinave en hiver. Alain Stella note que « la tradition veut qu'une jeune fille toute vêtue de blanc, et couronnée de bougies allumées, entre à 5 heures du matin dans la chambre des parents ou des hôtes pour servir ces délices au safran, accompagnés d'un thé ou d'un café. Une tradition imposée même aux lauréats du Nobel, ce jour-là présents à Stockholm pour la prestigieuse cérémonie et dormant paisiblement dans leur chambre d'hôtel, sans même qu'ils en soient parfois avertis la veille… ».

Le safran a connu au cours de sa longue carrière d'innombrables indications thérapeutiques. Les médecins arabes en faisaient un large usage, et c'est à eux qu'il convient d'attribuer l'origine du nom, dérivé de *zahafaran,* lui-même dérivé de *assfar,* jaune. On lui prête des propriétés narcotiques et analgésiques, et c'est à ce titre qu'il intervient dans le *Laudanum,* du célèbre médecin anglais Sydenham, ou teinture d'opium safranée, soigneusement conservé dans l'armoire à poisons des pharmacies. C'est aussi à ce titre qu'il est, comme le précise la législation, « traditionnellement utilisé chez l'enfant dans les poussées dentaires douloureuses ». Il était aussi réputé pour accélérer les accouchements des femmes « en mal d'enfant ». Mêlé à du vin, et bu en grande quantité, il « enivre fortement et engendre une ébriété joyeuse qui conduit à la folie ». Ce dernier point mérite vérification : à forte dose, c'est-à-dire à plus de cinq grammes, il serait réellement toxique. La littérature cite d'ailleurs le cas de quelques personnes qui auraient ressenti des malaises après une absorption déraisonnable de cette épice par trop prisée.

L'huile essentielle que le safran contient en faible

quantité lui confère son odeur spécifique : les salles de rencontre en Grèce et les bains romains étaient souvent, pour cette raison, parsemés de safran. Et Néron, toujours prodigue, en fit répandre dans les rues de Rome pour célébrer son entrée dans la capitale de l'empire. Quant aux moines bouddhistes, ils ne colorent pas leur robe avec du safran ; ils emploient pour cela le bois de cœur d'un arbre de la famille du mûrier[1]. Cette couleur symbolise à leurs yeux le détachement, le renoncement et l'absence de désir, qui sont les grands « fondamentaux » du bouddhisme.

Le carvi et le cumin

« Malheur à vous, docteurs et pharisiens ! Hypocrites, qui acquittez la dîme de la menthe, du fenouil, du cumin, et négligez l'essentiel de la loi, la fidélité, la justice et la miséricorde… Guides aveugles qui filtrez le moucheron et gobez le chameau[2] ! »

Dans cette invective, Jésus évoque le fenouil et le cumin qui bénéficient ainsi de l'insigne honneur de figurer dans le texte des Évangiles. Avec eux nous entrons dans la vaste et belle famille des Ombellifères, ces herbes qui disposent leurs fleurs comme à l'extrémité de baleines de parapluie, formant ainsi des ombelles – d'où leur nom. Elles apportent une contribution massive au monde des épices avec le cumin et le carvi, le fenouil et l'aneth, l'anis et l'angélique, l'ajovan et la coriandre, le

1. *Artocarpus integrifolia.*
2. Matthieu, 23, 23.

cerfeuil et le persil ; sans oublier les gommes odorantes de l'ase fétide et du galbanum, ainsi que la gomme ammoniaque : une pluie de trésors gustatifs dans nos jardins et sur nos tables.

L'architecture et la structure des fruits d'Ombellifères sont très caractéristiques et rendent aisée leur identification immédiate. Au sommet de chaque axe de l'ombelle se forment deux fruits secs accolés l'un à l'autre par leur face plane et interne : les méricarpes. Chaque méricarpe présente ainsi une face plate, par laquelle il colle à son voisin, et une face externe bombée. Sur la face bombée, cinq côtes sillonnent le fruit, formant de longs renflements longitudinaux parallèles et réguliers ; tantôt ces côtes sont vives comme une chaîne de montagnes, tantôt elles évoquent un paysage sillonné de molles collines... Ces renflements, ou très marqués ou à peine esquissés, sont un caractère distinctif précieux pour identifier les différentes espèces de la vaste famille des Ombellifères.

Chez certaines, des lignes de côtes surnuméraires apparaissent entre les côtes principales, les côtes primaires, et forment ainsi quatre lignes de renflements supplémentaires. On ne les appelle ni entrecôtes, ni côtelettes, mais, plus prosaïquement, côtes secondaires. La présence ou l'absence de celles-ci est un autre critère essentiel permettant de distinguer les espèces, en tout cas le cumin du carvi, deux épices systématiquement confondues dans le langage courant.

Le cumin présente neuf côtes peu saillantes : cinq primaires et quatre secondaires ; le carvi, cinq côtes seulement, nettement plus marquées. Les côtes primaires et secondaires du cumin sont garnies de poils raides que l'on discerne très bien à la loupe.

Ces subtiles distinctions étant posées à la grande satisfaction du botaniste systématicien – espèce devenue elle-même fort rare à notre époque ! –, examinons d'abord ce cumin.

Cette épice est connue depuis la plus haute Antiquité en Égypte et au Proche-Orient, puisque des méricarpes ont été trouvés dans les mausolées des pharaons. Comme de nombreux fruits d'Ombellifères, ceux du cumin contiennent de 2 à 4 % d'huile essentielle qui font sa valeur et sa spécificité en tant qu'épice. Il occupait une place de choix dans la gastronomie romaine, passant pour être l'allié très sûr de l'hilare dieu Crepitus qui présidait à la bruyante et pétulante résolution des flatulences des hôtes des tables ordinaires, mais aussi de la table impériale. Ainsi, pour reprendre le mot de Flaubert, le convive romain, avec la bénédiction bienveillante du dieu susnommé, « exhalait toute sa gaieté par les ouvertures de son corps… ». Ce que Rabelais exprimait plus crûment par « éructer et barytoner du cul ». Et ce que les scientifiques ont prouvé : le péristaltisme des fibres intestinales est effectivement stimulé par le cumin. Aussi cette épice était-elle considérée comme un remède capable de dissiper gonflements et coliques grâce à son action stimulante sur le tube digestif. Voilà pourquoi on le voit aussi paraître sur ces fromages qui, bien à point, tendent à se répandre allègrement comme une lave sur le plat qui les porte.

Sous la dent, le cumin exhale une saveur légèrement citronnée et anisée. Il est employé à de multiples usages culinaires, surtout dans les pays méditerranéens et jusqu'en Inde, en passant par l'Iran où il parfume le riz. Il est un des ingrédients essentiels du fameux *garam masala,* mélange d'épices très utilisé dans la cuisine indienne.

Le carvi, quant à lui, a plutôt colonisé les pays du nord et du centre de l'Europe où il est cultivé ; ce qui ne l'empêche pas d'avoir lui aussi sa place dans les cuisines du Maghreb et de l'Inde où il entre dans les *harissa* et *masala.* On le rencontre souvent en Europe du Nord sur le pain, notamment sur le *pumpernikle* allemand ou autrichien, un pain de seigle qu'il relève de sa saveur légèrement citronnée, plus douce que celle du cumin. Mais l'un de ses gîtes privilégiés est bien sûr le célèbre munster, qui ne serait pas tout à fait lui-même sans le carvi qui le relève et qu'à tort on nomme ici cumin. Pour faire bonne mesure, on ajoutera volontiers un petit verre de *schnapps kumel,* ce délicieux alcool de céréale parfumé au carvi – et non, là encore, au cumin, comme son nom le laisserait penser – qui lui doit sa délicate saveur fruitée.

À l'inséparable tandem du cumin et du carvi, il n'est pas interdit d'ajouter un troisième larron, la coriandre, issue du bassin méditerranéen et cultivée en Europe centrale, en Russie, mais aussi en Inde et en Argentine. Impossible de rater l'identification des deux méricarpes de la coriandre, car ils sont étroitement soudés, formant ensemble une sphère presque parfaite parcourue de côtes ondulées tout à fait caractéristiques. Stomachique, comme tous ses cousins, elle relève agréablement la saveur d'une choucroute et figure parmi la liste des plantes aromatiques utilisées pour fabriquer maintes liqueurs.

Anis, fenouil et badiane : quel pastis !

Deux Ombellifères respectivement d'origine européenne et proche-orientale, l'anis et le fenouil, et une Magnoliacée, la badiane, sont ici réunies dans la mesure où elles exhalent la même odeur caractéristique d'anis due à l'anéthole, premier constituant de leur essence. L'anéthole est un corps solide fondant à 21 °C mais se séparant spontanément à l'état cristallisé par refroidissement des essences de ces fruits d'Ombellifères.

Parfaitement connus des médecins et naturalistes de l'Antiquité, les petits fruits secs de l'anis vert sont cités par Dioscoride et par Pline qui leur attribuent une impressionnante collection de propriétés. Les médecins arabes en font une grande consommation et le botaniste Matthiole, à la Renaissance, indique que « sa graine est apéritive, digestive, concoctive, incisive et provocative ; elle chasse les ventosités. Prise en breuvage ou flairée, elle fait cesser les sanglots, endort… ». Dans ces qualités reconnues à la plante se dessinent déjà ses deux indications fondamentales : l'anis est stomachique et sédatif. En 1702, Louis Lémery précise que « l'anis fortifie l'estomac, chasse les vents et, cordial, apaise les coliques, excite le lait des nourrices et donne bonne bouche ».

L'anis vert est une herbe annuelle ; spontanée au Proche-Orient, elle est largement cultivée en climat tempéré assez chaud. Les feuilles sont très divisées, en segments linéaires ; et les fruits très petits, ovoïdes, un peu rétrécis au sommet, en forme de poire, de couleur gris verdâtre ; ils dégagent l'agréable odeur de l'anis, et l'on peut observer à la loupe les minuscules poils tecteurs qui les recouvrent entièrement.

Les propriétés de l'essence d'anis et de l'anéthole ne sont pas sans évoquer celles de l'alcool. Elles se manifestent en deux séquences successives : la première est caractérisée par une phase d'excitation de courte durée et par un fort besoin d'agir ; la seconde, beaucoup plus longue, se manifeste par une ivresse lourde, suivie d'un sommeil profond ; mais, à dose plus élevée, l'essence et l'anéthole sont toxiques, provoquant une complète anesthésie. Ces effets anesthésiques et analgésiques s'exercent à doses plus modérées sur les troubles de l'estomac et de l'intestin, l'anis agissant comme sédatif toutes les fois qu'il y a des contractions douloureuses de ces organes.

L'anéthole, massivement présent dans l'essence d'anis, est une des créations les plus aromatiques et les plus suaves du monde végétal. Le célèbre Pythagore considérait le pain cuit avec des graines d'anis comme une excellente friandise. L'anis est très présent en confiserie et plus encore en liquoristerie. Dragéifié par un enrobage de sucre, chaque grain devient l'anis de Flavigny ou de Verdun, employé pour purifier l'haleine. Quant aux liqueurs à l'anis, elles sont légion. Au Liban, c'est l'*arak,* en Turquie, le *raki,* en Russie, le *mastika,* et à Marseille, bien entendu, le *pastis* dont le nom est relativement récent, puisqu'il ne s'est vraiment répandu que pendant la Première Guerre mondiale. Une chanson originale en argot marseillais semble évoquer gâchis et désordre dans la fameuse expression « Quel pastis ! ». Peut-être faut-il expliquer le passage de cette notion à la liqueur qui porte son nom par le fait que l'eau dont on l'« allonge » suscite des nuages troubles et opaques dans la liqueur claire et anisée ? Le pastis contient aussi de la réglisse qui lui confère sa couleur jaune. L'abus conduit immanquablement à l'ivresse par la double action de l'alcool et de l'anéthole. Aussi, selon l'OMS (Organisation mondiale de la santé), la quantité d'anéthole consommée par jour ne doit-elle pas dépasser 2,5 mg/kg, soit environ 200 mg pour une personne de poids moyen. Comme le pastis contient de 1,5 à 2 g d'anéthole par litre, il convient de ne jamais dépasser quatre prises journalières.

Le fenouil est le frère cadet de l'anis, auquel il ressemble par ses caractéristiques morphologiques, chimiques et pharmacologiques. Il s'agit d'une plante parfaitement connue de l'Antiquité, car, comme l'anis, elle est originaire du pourtour méditerranéen. On la retrouve sous la plume de Dioscoride et de Pline qui en recommandent l'usage. Les méricarpes de fenouil sont allongés et côtelés comme ceux de toutes les Ombellifères. Au fond des quatre vallécules qui séparent les cinq côtes de chaque méricarpe passe un canal sécréteur d'une essence riche en anéthole.

Depuis la Renaissance, le fenouil s'est curieusement acoquiné au poisson dont il est un assaisonnement usuel. L'année de la mort de Shakespeare, en 1616, le gastronome Culpeper écrivait : « Une bonne vieille méthode pour cuire le poisson, et pas encore abandonnée, consiste à le faire bouillir avec du fenouil. Cela absorbe l'humeur flegmatique que le poisson contient en abondance et qui incommode le corps, quoique peu de ceux qui usent de ce procédé sachent pourquoi ils le font… » Bref, à l'en croire, le fenouil neutraliserait le poison… du poisson ! Puis, il avance une explication bien dans le style de la botanique du XVIIe siècle, fortement imprégnée d'astrologie : « C'est parce que cette herbe est une herbe de Mercure, sous le signe de la Vierge, et, pour cette raison, porte antipathie aux poissons… » De fait, Vierge et Poissons sont en opposition dans le zodiaque, ce qui n'empêche nullement les cuisiniers de notre temps d'associer poissons et fenouil qui s'accommodent on ne peut mieux de leur compagnie comme, par exemple, dans le loup au fenouil.

Ces effets bienfaisants ne s'exercent pas seulement à l'égard du bar ou loup, mais aussi des humbles humains pour les protéger des maléfices diaboliques. Aussi pendait-on au Moyen Âge dans les maisons des tiges de fenouil pour se préserver des mauvais esprits. Une graine de fenouil dans le trou de la serrure empêchait les fantômes de pénétrer dans les chambres à coucher. L'histoire ne dit pas comment on dégageait ensuite le trou pour y glisser la clé… Dans les étables, enduire le pis des vaches avec une décoction de fenouil les immunisait contre l'ensorcellement du lait. Le pourquoi de ces indications magiques reste un mystère…

Les infusions de fenouil sont aujourd'hui plus prosaïquement administrées aux nourrissons pour leurs effets légèrement sédatifs et stomachiques. Épice majeure, le fenouil ne connaît plus que de fort modestes applications en tant que plante, mais il n'empêche que ses propriétés diurétiques, galactagogues et surtout stimulantes de la digestion et laxatives ne font aucun doute.

Reste la troisième épice du trio : la badiane. Identique à l'anis et au fenouil par sa composition chimique riche en anéthole, c'est un aromate originaire d'Extrême-Orient, de Chine et du Tonkin. Impossible de confondre les fruits du badianier avec quelque autre organe végétal que ce soit ; ces fruits sont en effet associés par huit et disposés en de magnifiques étoiles – d'où son nom d'« anis étoilé ». Lorsque chaque fruit est ouvert, on y voit une graine allongée, délicatement lovée dans le fruit en forme de nacelle.

La badiane parvint en Europe *via* la Russie où elle connut à partir du XIIIe siècle une grande notoriété à la Cour impériale. La foire de Nijni-Novgorod était alors l'épicentre du commerce international de cet anis étoilé, encore nommé « anis de Sibérie » ou « fenouil de Chine ». Elle n'apparut en Europe occidentale qu'en 1588, lorsque le navigateur anglais Thomas Cavendish, revenant de son tour du monde, la ramena à Londres, en provenance des Philippines.

Mais il faut attendre le XVIIIe siècle pour que son usage se propage en Europe. Elle entre alors en Bourgogne dans la préparation du fameux ratafia. Henri Leclerc nous rapporte à son propos une savoureuse anecdote :

« Il arrive que l'on substitue aux fruits du badianier ceux d'une espèce très voisine, *Illicium religiosum,* dont chaque fruit de l'étoile est muni d'un crochet, ce qui rend toute confusion impossible. Cette espèce originaire du Japon est toxique ; elle intervient dans les cérémonies funèbres, c'est le *sikimi* qu'on plante devant les tombes dans des vases de bambou, et qu'on plaçait autrefois devant les nobles japonais – en quelque sorte par anticipation – qui se suicidaient par le rituel cérémonial du *hara kiri.* »

De fait, de graves intoxications dues à une badiane adultérée par de la badiane du Japon ont encore été relevées en décembre 2001. Les préparations mises en cause étaient un mélange d'aromates destinés à parfumer du vin chaud. Des crises épileptiques furent observées, entraînant l'interdiction de la vente de badiane.

Enfin, parmi cette vaste galerie des fruits d'Ombellifères, saluons encore l'aneth. Ses fruits sont aisément reconnaissables à leurs deux côtes marginales dont le relief est démesurément marqué, ce qui, les allongeant de part et d'autre, leur donne du coup une allure aplatie et ailée. L'aneth, dont l'huile essentielle contient de l'anéthole, a donné son nom à cette substance que l'on retrouve dans les anis. On a prétendu que, pour calmer les ronflements ou faire taire ceux qui parlent en dormant, il suffirait de placer sous l'oreiller du dormeur des fruits d'aneth… Bien entendu, cette recette ne se vérifie nullement, et il est plus sage de se borner à voir dans l'aneth une de ces plantes stimulantes, stomachiques, carminatives, qui font partie, avec l'anis, le fenouil et la badiane du groupe des Ombellifères à anéthole.

Grandes Ombelles et fines herbes

Au riche répertoire des Ombellifères, la famille des Ombelles aligne encore trois plantes condimentaires : l'angélique, le persil et le cerfeuil.

L'angélique doit peut-être son nom au fait que ses

fruits possèdent chacun deux ailes très développées, comme celles des anges ou des archanges. Mais, pour d'autres, ses vertus auraient été révélées par l'archange Raphaël. L'Antiquité et la Renaissance la parèrent de toutes les vertus, si bien qu'on lui accordait une origine divine, confortant le nom que Linné devait lui attribuer : angélique archangélique.

Dans l'angélique, tout est bon, en particulier les pétioles qui engainent la forte tige cylindrique et creuse. Confits dans du sucre, ils constituent les vertes inclusions qui, avec les cerises rouges, sont indissociables de la pâte des cakes. Les fruits et parfois les racines entrent dans les compositions complexes et souvent conservées secrètes de maintes liqueurs.

Le persil fut une plante sacrée avant de devenir le plus commun de tous nos condiments. Originaire de la Méditerranée orientale, les Grecs s'en couronnaient lors des grandes festivités, mais ne l'auraient jamais employé en cuisine, pas plus d'ailleurs que le laurier. Sa brillante carrière culinaire ne débuta qu'avec les Romains. Il intervient alors, selon Pline, comme un aromate des viandes et des bouillons. Pour sa part, Galien en assaisonne la laitue. Quant au naturaliste Dalechamps, il lui attribue au XVIe siècle « un goût assez plaisant et aromatique, tellement que non seulement les Italiens, mais aussi les Français, Anglais et Allemands en sont fort friands pour le manger en salade… ».

Sa richesse en vitamines A et P en fait un condiment intéressant et apprécié. Aussi ne faut-il pas le réduire à un rôle purement figuratif, bien qu'on ne puisse contester, avec Henri Leclerc, toujours prompt à s'insurger contre les mangeurs de viande – les « nécrophages » – qu'on « ne peut s'imaginer, sans éprouver un profond sentiment d'horreur, une tête de veau dont on n'aurait pas relevé la pâleur livide d'un bouquet de persil, ou corsé l'insignifiante gélatine d'une vinaigrette généreusement persillée ». Lorsque ses brins agrémentent une tête de porc chez le charcutier, ou un plat de ses magnifiques petites feuilles divisées et crispées, il n'est nullement déshonorant de les croquer et d'informer ceux qui le considèrent comme une simple garniture de ses réelles propriétés aromatiques, stomachiques et vitaminiques. Ne passons pas à l'as les vertus de la plus commune de nos épices !

Proche du persil, le cerfeuil est une très élégante Ombellifère que l'Antiquité semblait ignorer, mais que le Moyen Âge plantait dans les jardins pour rehausser la saveur des salades. Comme l'estragon, le cerfeuil contient une essence riche en estragol. On le consomme cru et récolté le plus récemment possible. Il est usuel de le présenter, sommairement haché, sur la table où chaque convive peut se servir à sa guise pour l'éparpiller sur son assiette.

Pour clore les riches apports des Ombellifères, invitons ici, en tant qu'hôte étranger, l'estragon qui appartient à la famille des Composées et au genre armoise. Il a fait irruption au XVIe siècle dans les jardins sans que l'on sache au juste d'où il provenait. Les rumeurs les plus folles couraient à son sujet. Pour les marchands de légumes, la plante serait issue de graines de lin qu'on aurait enfermées dans un radis ou un oignon, puis enfouies sous terre… Plusieurs botanistes confirmèrent cette étrange genèse, mais d'autres, plus sérieux, comme Mathiole, Gesner ou Dalechamps, déconseillèrent vivement à leurs contemporains de faire une telle expérience, qui ne pouvait qu'aboutir à l'échec. Pour autant, ils ne surent pas davantage préciser d'où venait l'estragon.

Il semble qu'il ait été signalé pour la première fois au XIIIe siècle par le célèbre médecin arabe Ibn el Beithar sous le nom de *tharkhoum,* qui devint *targon* et *dragon.* La Quintinie, jardinier de Louis XIV à Versailles, considérait cette plante comme une des meilleures fournitures parfumées. Un peu plus tard, Valmont de Bonnemare, professeur à l'École de pharmacie de Paris, lui reconnaissait l'« avantage de relever le goût des salades, d'être fort utile à l'estomac et de concourir efficacement à corriger l'inertie et la fadeur des plantes aqueuses et insipides telles que la laitue ». C'était bien résumer les propriétés de l'estragon, dues à une huile essentielle riche en estragol, qui lui confère sa saveur légèrement térébenthinée, piquante et anisée.

L'estragon anoblit de son agréable parfum et de sa saveur légèrement piquante les sauces béarnaise, vénitienne, rémoulade, ravigote… Pour Henri Leclerc, « sans estragon, le vinaigre se renfrognerait dans la raideur monotone d'un produit chimique, la moutarde évoquerait les souvenirs affligeants des sinapismes, les cornichons ne seraient que des avortons de concombres gorgés d'acide acétique, les amateurs de salade ignoreraient la jouissance aiguë que procure une romaine fraîchement cueillie où forment quatuor le persil, le cerfeuil, la pimprenelle et l'estragon… ».

La moutarde qui monte au nez…

La moutarde est une Crucifère : étymologiquement, elle « porte une croix ». Mais quelle croix ? Tout simplement, des fleurs à quatre pétales disposés en forme de croix grecque, ce qui rend ces plantes identifiables au premier coup d'œil. Très caractéristique aussi est l'architecture de la fleur, avec ses six étamines, quatre grandes et deux petites, et seulement deux carpelles formant un fruit allongé et capsulaire : la silique. De nombreuses petites graines s'alignent dans cette silique : elles sont brun foncé quand il s'agit de *Brassica nigra,* la moutarde noire, et jaune rougeâtre chez *Sinapis alba,* la moutarde blanche. Mais, pour la fabrication de la moutarde, elles ont été l'une et l'autre destituées au profit de *Brassica juncea* dont les rameaux se disposent parallèlement, évoquant le port du jonc.

On connaît une trentaine d'espèces de *Brassica* et une dizaine de *Sinapis,* deux genres très apparentés. Seul un botaniste expérimenté sera à même d'accoler le nom idoine à un échantillon de *Brassica,* genre par ailleurs très riche puisqu'il comporte, outre la moutarde, les choux, les raves, les rutabagas, les colzas, etc. Quant au genre *Sinapis,* figure dans ses rangs le redoutable *Sinapis arvensis,* la moutarde des champs, prompte à parasiter les champs de céréales qui, dans le pire des cas, au moment de la floraison, se mettent à ressembler à des champs de colza…

Toutes ces moutardes sont des herbes à fleurs jaunes communément appelées *sénevé.* Comment comprendre dès lors les fameux passages des Évangiles de Matthieu,

Marc et Luc[1], évoquant le grain de sénevé qui est « la plus petite de toutes les graines, mais qui devient un arbre dans lequel peuvent s'abriter les oiseaux du ciel » ? Il symbolise le royaume de Dieu qui, si petit lorsqu'il est révélé dans l'Évangile, est appelé à grandir et à se propager à la terre entière. Quant aux oiseaux, ils sont assimilés à ceux qui viendront chercher « la voix, la vérité et la vie » à sa source.

On a beaucoup débattu de la nature exacte de ce grain de sénevé dont le nom a donné en allemand *Senf,* la moutarde. Les graines de celle-ci sont en effet minuscules, puisqu'il faut environ quatre cent vingt graines de moutarde noire pour faire un gramme ; mais, en germant, elles ne donnent jamais de grands arbres ! Ce à quoi on a pu rétorquer que la moutarde peut atteindre parfois la taille d'un petit arbuste avec des tiges semi-ligneuses et des rameaux largement étalés dont il conviendrait toutefois de savoir s'ils peuvent ou non supporter le poids d'un oiseau. Sans doute pas à leur extrémité, mais probablement là où ils se séparent des axes principaux.

Toujours dans les Évangiles, mais cette fois seulement chez Matthieu et Luc[2], la graine de moutarde est à nouveau comparée en ces termes à la plus petite des graines : « Si vous aviez la foi grosse comme un grain de sénevé, vous diriez à cette montagne “Déplace-toi d'ici à là”, et la montagne se déplacerait. Rien ne vous serait impossible. » Ainsi, aux yeux du Christ, la

1. Matthieu, 13, 32 ; Marc, 4, 32, et Luc, 13, 19.
2. Matthieu, 17, 20 et Luc, 17, 6.

graine de moutarde était bel et bien la plus petite des graines ; ce que ne confirmèrent en rien les observations ultérieures grâce auxquelles le record de petitesse est échu aux minuscules graines d'Orchidées. Mais, à cette époque, en Palestine, on ne décortiquait ni ne disséquait les plantes sauvages ; on se contentait de les admirer, comme l'évoque la belle parabole du lys des champs dont la beauté était réputée dépasser « celle de Salomon dans toute sa gloire[1] ».

Cette excursion dans les Évangiles nous apprend qu'à l'époque du Christ la moutarde était bien connue. Grecs et Romains faisaient d'ailleurs déjà grande consommation de moutarde de table. La recette la plus ancienne qui nous soit parvenue remonte à Columelle, qui vécut à Cadix au Ier siècle de notre ère. Cet auteur nous a laissé une douzaine de livres sur l'agriculture de son temps, le dixième, ou *De Re Rustica,* traitant des jardins : il nous relate que les graines de moutarde étaient concassées et mélangées à du moût de raisin pour donner un *mustum ardens,* un moût à la saveur ardente d'où dériverait notre moutarde. Le célèbre Apicius, généreux gastronome de la Rome antique, recommandait d'en badigeonner les saucisses.

Charlemagne organisa le développement de cette culture dans son empire et le Moyen Âge en fit une grande consommation, car son prix était modeste. Jean XXII, pape d'Avignon au début du XIVe siècle, aimait fort la moutarde et en mettait partout. C'est à lui qu'on attribue la création de la charge de moustar-

1. Matthieu, 6, 28-29.

dier du pape, qu'il aurait confiée à l'un de ses neveux bien incapable d'occuper quelque autre emploi... Deux siècles plus tard, Clément VII se manifesta lui aussi par un goût appuyé pour ce condiment dont il parfumait tous les plats. On dit qu'il accédait à tous les caprices de ceux qui l'accommodaient à son goût. Plus tard, on substitua au moût de raisin du vinaigre et du verjus, ce suc acide obtenu par pression du raisin vert.

La légende veut qu'au XIVe siècle, Philippe le Hardi, duc de Bourgogne, offrit à la ville de Dijon d'utiliser ses propres armes et sa devise « *Moult me tarde* » (« J'ai grand hâte »), devise que l'on grava sur les remparts de la ville, puis qui s'altéra en « *moult tarde* », autre étymologie prêtée au condiment. En fait, il s'agit plutôt là d'un habile jeu de mots, car la moutarde portait déjà son nom de longue date, et la ville de Dijon avait déjà acquis à cette époque une grande célébrité pour ses moutardes. Mais d'autres, telles Angers, Orléans ou Bordeaux, en fabriquaient aussi d'excellentes.

Intégrant des moûts, des vinaigres ou du verjus, la moutarde a donc partie liée avec le vin. Au Moyen Âge, les bons vins consommés à la Cour ou sur les tables des bourgeois de Paris viennent surtout d'Anjou. Le transport du vin s'effectue sur la Loire, les fûts étant chargés sur des bateaux à fond plat et débarqués à Orléans où l'on vérifie leur qualité. Les meilleurs sont acheminés vers Paris ou d'autres grandes villes ; les vins piqués serviront à la fabrication du vinaigre et de la moutarde. D'où la culture de la plante « moutarde » dans ces régions. La corporation des « vinaigriers-moustardiers » a vu le jour à Orléans à la fin du XVIe siècle, et vers 1630 à Dijon. La consommation de moutarde se répand alors partout, d'où le dicton : « De trois choses Dieu vous garde : du bœuf salé sans moutarde, d'un valet qui se regarde, d'une femme qui se farde ! » En fait, servie ou non par un valet narcissique, la moutarde « farde » fortement les mets qu'elle corse en outre de sa saveur piquante.

Mais la moutarde, considérée comme antiscorbutique, n'est pas négligée dans les voyages lointains : Vasco de Gama, en route pour les Indes, en emporte de grandes quantités avec lui. De même, pendant le siège de La Rochelle en 1627-1628, Jehan Segnette administra (avec, semble-t-il, un succès certain) aux habitants de la poudre de moutarde incorporée à du vin blanc pour lutter contre le scorbut qui sévissait dans cette ville.

Rabelais fait de son Gargantua un grand consommateur de moutarde : précaution utile pour ce géant glouton qui « commençait son repas par quelques douzaines de jambons, de langues-de-bœuf fumées [...], d'andouilles et tels autres avant-coureurs de vin... » On se souvient de la fameuse bataille entre l'armée des andouilles et celle de Pantagruel. Le combat fait rage, et les andouilles jonchent le sol lorsque apparaît un monstre volant envoyé par Mardigras. Pantagruel s'interroge alors sur la raison pour laquelle ce dernier projette à terre de telles quantités de moutarde. Mardigras répond que la moutarde est leur baume céleste : il suffit d'en mettre un peu sur les plaies des andouilles pour qu'en bien peu de temps « les navrées guérissent et les mortes ressuscitent... ».

Le XVIIIe siècle voit les variétés de moutarde se multiplier : aux anchois, au champagne, aux câpres… C'est aussi à cette époque que naissent les grandes marques toujours présentes sur le marché. Ainsi du sieur Maille, établi rue Saint-André-des-Arts à Paris, qui jouit bientôt d'une renommée internationale. Aujourd'hui encore, le célèbre slogan : « Il n'y a que Maille qui m'aille » est ressassé pour appâter la gourmandise des consommateurs. Au cours du même XIXᵉ siècle, un maître vinaigrier de Dijon crée une fabrique d'où est issue la société Amora, dont la marque fut déposée en 1919.

La composition des graines de moutarde est connue depuis le XIXᵉ siècle : elles contiennent de fortes proportions de mucilage présent dans leur tégument et qui gonfle en présence d'eau. La substance active à laquelle la moutarde doit ses propriétés est le sinigroside, isolé en 1840 par Bussy. Sous l'influence d'une enzyme, la myrosine ou myronase, et en présence d'eau, le sinigroside se sépare en trois substances : une molécule de glucose, une de sulfate acide de potassium, et une essence volatile, fortement rubéfiante et lacrymogène, l'« essence » de moutarde d'abord nommée allylsenevol, puis isocyanate d'allyle. Cette substance, qui est le véritable principe actif de la moutarde, n'existe pas dans la graine ; elle ne se forme qu'au moment du broyage au contact de l'eau.

La moutarde a fait une double carrière aussi brillante en thérapeutique qu'en gastronomie. Les cataplasmes à la farine de moutarde connurent jadis un vif succès pour le traitement des bronchites, voire des bronchopneumonies, avant l'apparition des antibiotiques au siècle dernier. Il s'agissait de mettre à profit les qualités révulsives de cette essence, très agressive lorsqu'elle entre en contact avec la peau. Le cataplasme, dont le mucilage gonflé d'eau atténue quelque peu les propriétés vésicantes, entraîne une intense rubéfaction de la peau, et, s'il vient à être maintenu trop longtemps, une véritable ulcération. Pour le succès d'un sinapisme à la farine de moutarde, il convient d'éviter de prendre de l'eau trop chaude qui tuerait la myrosine et empêcherait l'hydrolyse du sinigroside. De même, on évitera les applications trop prolongées pour ne pas provoquer de phlyctène ou d'ulcération. Les sinapismes étaient l'une des stratégies à usage externe utilisées jadis pour créer une décongestion des bronches, tout comme l'application des « ventouses », voire les fameuses « pointes de feu ». (Il s'agissait, dans ce dernier cas, de scarifier le dos du malade de points et de stries obtenus avec un stylet porté au rouge vif : un remède « héroïque » que les antibiotiques ont heureusement fait disparaître !)

Mais, est-il si raisonnable de consommer des tonnes d'antibiotiques pour soigner de modestes bronchites, au risque de voir les germes pathogènes développer de plus en plus vite des résistances ? Telle est une des problématiques majeures de la médecine contemporaine. Peut-être serait-il sage, après tout, et judicieux d'en revenir, dans les cas bénins, aux bons vieux sinapismes…

Si l'utilisation thérapeutique de la moutarde est largement démodée, il n'en est rien pour ce qui concerne ses applications gastronomiques. D'innombrables formules ont été concoctées en fonction des marques, des lieux de production et du goût des consommateurs. Tandis que les moutardes fortes vous « montent au nez », selon l'expression consacrée, les moutardes-condiments et les moutardes à l'ancienne produisent des effets plus modérés ; ces dernières contiennent des graines pilées, broyées mais non pulvérisées. Henri Leclerc, toujours aussi impitoyable vis-à-vis des mangeurs de viande à l'époque où être végétarien était déjà fort bien porté, ne montre guère de tendresse pour les amateurs de moutarde lorsqu'il écrit :

« Pour quiconque n'aurait pas été affilié à la secte carthaginoise des “mangeurs de choses immondes”, elle donne, à ceux qui se repaissent de bœuf bouilli, l'illusion de mastiquer autre chose que de la ficelle…, masque les relents équivoques des tripes et des andouilles, permet même à l'estomac de se montrer impavide et stoïque devant l'indigestion du répugnant et macabre magdaléon de sang caillé, de l'hémorragique salmis qu'est le boudin. Les végétariens, qui ont banni de leur menu ces réjouissances culinaires, usent peu de moutarde si ce n'est pour faciliter la digestion de racines crues, d'une concoction difficile telle que le céleri-rave, et pour agrémenter les délicieux sandwichs de salade, dont la mode commence à se répandre. »

La réglementation française n'admet pour la moutarde que les préparations faites à partir des graines de moutarde noire et de moutarde jonciforme. Mais le décret du 10 septembre 1937 ajoute : « Cependant, en raison d'usages anciens, l'emploi de moutarde blanche *(Sinapis alba)* est autorisé dans les départements de la Moselle, du Bas-Rhin et du Haut-Rhin… » Autre dérogation spécifique à l'ancienne Alsace-Moselle, annexée par l'Allemagne en 1870, recouvrée par la France en 1918, qui vient s'ajouter à celles relatives au régime des cultes, aux écoles, à la chasse et au statut des professions libérales…

Les Crucifères alignent quelques autres plantes dont les propriétés rappellent celles de la moutarde. Toutes travaillent le soufre pour en faire des dérivés à la saveur chaude et brûlante. Toutes contiennent en outre un taux élevé de vitamine C, ce qui en fit traditionnellement des antiscorbutiques. Parmi celles-ci, les cressons, les radis, le cochléaria et le raifort.

Le raifort est sans doute la plus plantureuse des Crucifères par son vigoureux et coriace feuillage au vaste limbe vert foncé, denté, et par sa racine très volumineuse en forme de matraque. Comme la moutarde, il contient du sinigroside, l'enzyme correspondante, la myrosine, et entre dans la préparation des moutardes et condiments. Il possède par voie externe les mêmes propriétés rubéfiantes que la moutarde – d'où, jadis, son application comme vésicatoire. Dans les pays nord-européens, il reste un condiment couramment utilisé. Très fort en bouche, permettant « avec une égale impavidité d'ingurgiter les plus pesantes charcuteries, les friquois les plus fades, les gibiers de poil et de plume les plus faisandés : le gosier n'y sent que du feu ».

Câpres et genièvre

Le câprier appartient à une famille très voisine des Crucifères, les Capparidacées. Il contient des principes soufrés très semblables, confirmant par la chimie les affinités morphologiques qui rapprochent ces deux familles botaniques. Les biologistes y verront le témoignage de potentiels génétiques voisins reçus d'ancêtres communs au cours de l'évolution.

L'Antiquité connaissait les câpres, que Dioscoride considérait comme des fruits. Or ce sont des boutons floraux cueillis avant épanouissement, comme les clous de girofle. Il indique qu'on les faisait confire dans un mélange de saumure et de vinaigre. Les câpres relèvent agréablement les choucroutes, comme d'ailleurs les baies de genièvre.

Celles-ci n'ont rien de commun avec eux, ni par leur origine, ni par leur composition chimique, ni par leur saveur : elles proviennent du genévrier et ne sont pas plus des baies que les câpres – seulement de fausses baies résultant de la soudure de trois écailles charnues porteuses d'ovules : l'équivalent des cônes de conifères, mais en modèle réduit. Elles contiennent une huile essentielle et entrent après fermentation et distillation dans la fabrication des gins, l'un des meilleurs supports des traditions britanniques.

L'ail en gousses

Perdus dans le désert du Sinaï où ils tournèrent en rond pendant quarante ans, les Hébreux, après leur sortie d'Égypte, maugréent contre Moïse : « Qu'il était bon, en Égypte, le poisson que nous mangions pour rien ! Ah, les concombres, les melons, les poireaux, les oignons et l'ail d'autrefois ! À présent nous n'avons plus de forces, et rien à avaler, rien que de la manne[1]... »

---

1. Nb. 11, 4-6.

Ainsi, donc, les Hébreux préféraient les bonnes nourritures d'Égypte à la manne austère qui se répandait avec la brume du matin sur leur camp. Mais ils se rattrapèrent sitôt conquise la Terre promise. Ils y cultivèrent force aulx, oignons et poireaux, au point que les Romains qualifiaient les Juifs de « mangeurs d'ail ».

Originaire des steppes d'Asie centrale où il subsiste à l'état sauvage, l'ail s'est répandu partout, cultivé ou naturalisé. Les Chinois, les Mésopotamiens, les Égyptiens le connaissaient depuis les temps les plus reculés. Lorsque Khéops, deuxième souverain de la quatrième dynastie, entreprit, 2600 ans avant Jésus-Christ, la construction de la plus haute des pyramides de Giseh, il mobilisa, dit-on, cent mille hommes sur ce chantier littéralement… pharaonique. Pour que ceux-ci mènent à bien leur entreprise sous le soleil torride d'Égypte, une gousse d'ail leur était octroyée chaque jour. Hérodote, grand historien de l'Antiquité, indique que l'on a gravé « sur la pyramide, en caractères égyptiens », combien on a dépensé pour les ouvriers en oignons, en aulx et en radis : des montants fabuleux.

Dans le papyrus d'Ebers rédigé à Thèbes vers 1600 avant notre ère, plus de sept cents noms de drogues sont mentionnés. Parmi ceux-ci, l'ail figure en bonne place. Il entre dans nombre de recettes, notamment pour soigner les douleurs d'estomac et les inflammations intestinales. Recettes sans doute efficaces, puisque, même si l'ail n'apportait pas une contribution décisive à l'action thérapeutique, l'opium qu'on lui ajoutait – marié à de la bile de bœuf, l'ensemble étant ensuite dilué dans un mélange de miel et de vin – agissait à coup sûr comme antispasmodique et sédatif de l'intestin.

Dans l'*Odyssée,* les Grecs consommaient l'ail sous le nom de « rose puante ». On voit Hermès le prescrire à Ulysse pour échapper aux enchantements de Circé, la redoutable dévoreuse d'hommes. La magicienne Circé veut en effet conquérir le cœur d'Ulysse dans l'obscur dessein de le métamorphoser en pourceau. L'herbe qui protège Ulysse des avances de Circé s'appelle *môly,* et Théophraste l'assimile à l'ail. Le héros est censé être protégé par la forte odeur qu'il exhale, mais qui, loin de détourner Circé, l'en fait tomber follement amoureuse.

Les choses se passent moins bien pour le poète latin Horace, invité chez un ami mécène à un fastueux repas fortement relevé à l'ail ; le voilà aussitôt après éconduit par sa maîtresse Lydia en raison de son haleine insupportable ; il semble que la rupture ait été définitive. Horace devient du même coup un farouche ennemi de l'ail, et conseille à son ami : « S'il t'arrive de goûter d'un tel mets, ô folâtre mécène, que ta maîtresse repousse de sa main tes baisers et s'enfuie loin de toi ! »

Les soldats romains (à Rome, l'ail était bon marché : c'était l'épice la plus répandue chez le petit peuple), mais aussi, mille ans après, les croisés, dégageaient une terrible odeur d'ail ; l'haleine des seconds, dit-on, épouvanta les Maures autant que leur armure. Les Barbares, avant eux, n'étaient pas en reste : Sidoine Apollinaire, homme de lettres et brillant évêque de Clermont-Ferrand au Ve siècle, fustigea Wisigoths et Burgondes qui en faisaient grande consommation.

L'ail est aussi en vogue en Chine : Marco Polo le signale au Yunnan où l'on accommode des foies crus à l'ail, ancêtres de nos modernes steaks tartares…

Suit l'épisode souvent cité de la naissance de Henri IV à Pau en 1553. À peine venu au monde, son grand-père Henri d'Albret frotta les lèvres du nourrisson avec une gousse d'ail. Celles-ci se fripèrent aussitôt, le bébé faisant mine de vouloir sucer. Enchanté par cette réaction vigoureuse, le grand-père s'écria : « Va ! Va ! Tu seras un vrai Béarnais ! » L'histoire veut qu'il aspira ensuite quelques gouttes de Jurançon… Elle ajoute que le roi, baptisé par ses sujets le Vert Galant, aurait consommé de l'ail immodérément, incommodant d'autant son entourage.

En une seule semaine, Pantagruel, si l'on en croit Rabelais, parvint à défaire pas moins de deux cent vingt-six millions de ses ennemis rien qu'en ouvrant la bouche, empestant l'ail à grande distance.

Anecdote célèbre encore : l'histoire des quatre voleurs qui, pendant l'épidémie de peste à Marseille en 1726, pillèrent sans vergogne les maisons des morts, immunisés par un vinaigre à base d'ail. On leur promit la vie sauve à condition qu'ils livrent leur recette secrète, qui devint le « vinaigre des quatre voleurs ».

À l'époque, marins et navigateurs faisaient aussi grande consommation d'ail, car « il emporte la corruption que causent les eaux sales et puantes… Il apaise aussi les nausées et vomissements qui surviennent assez souvent par l'air salé de la mer ».

Vaste panégyrique, donc, pour ces gousses d'ail si modestement présentes dans nos cuisines !

Encore faut-il savoir que les gousses en question ne sont pas vraiment des gousses. Les botanistes les ont baptisées caïeux. Chaque caïeu, serré contre ses voisins, présente une ou plusieurs surfaces entièrement planes, et une autre rebondie. Ils sont disposés en cercle sur un plateau commun et enveloppés de plusieurs tuniques blanchâtres. La reproduction s'effectue en repiquant ces « gousses » sans aucun recours à la voie sexuée. En effet, les minuscules fleurs sont disposées en ombelles globulaires, enfermées lorsqu'elles sont jeunes dans une grande bractée membraneuse. Sous nos climats, elles ne s'épanouissent jamais complètement et ne fournissent aucun organe apte à la reproduction. Mais, comme s'il voulait mettre le maximum de chances de son côté, l'ail, dont la floraison est si aléatoire, remplace souvent ses fleurs par de minuscules bulbilles. Ces petits bulbes, quand ils se détachent et tombent, donnent naissance à de nouveaux pieds. Bulbe dans le sol, comme chez le lys et la tulipe qui appartiennent à la même famille des Liliacées, bulbilles en remplacement des fleurs : l'ail mérite bien le nom que lui donnent les Russes, « bulbe de vie ».

Avec générosité, la nature a multiplié les aulx sauvages, puisqu'on en dénombre pas moins de sept cents espèces, toutes originaires de l'hémisphère Nord, dont cent quinze pour la seule Europe. En revanche, les variétés horticoles sont peu nombreuses, fait assez rare pour un légume aussi anciennement cultivé. Il est vrai que, comme la plante ne fleurit pratiquement jamais dans nos régions, et qu'elle se multiplie exclusivement par ses caïeux ou ses bulbilles, toute possibilité de variation par sélection ou hybridation est impossible.

Par contre, plusieurs autres *Allium* ont fait carrière, comme l'oignon, le poireau, l'échalote, la ciboulette et même le modeste « ail des ours » qui ponctue les sous-bois humides de ses jolies fleurs blanches en étoiles, et dégage, lorsqu'on le froisse entre ses doigts, une forte odeur d'ail.

Curieusement, un caïeu d'ail ne dégage aucune odeur. Car l'essence odorante n'est pas préformée, et, comme dans le cas de la moutarde, ne prend naissance que lorsque le principe actif soufré, l'alliine, se transforme sous l'influence d'une enzyme, l'alliinase, en allicine. Ce mot contient le radical « allyl », du nom de l'ail, que l'on rencontre également dans la moutarde, combiné comme chez cette dernière avec du soufre. L'allylsénevol de la moutarde ou le disulfure d'allyl de l'ail produisent la même saveur piquante, et un homologue voisin provoque chez l'oignon l'effet lacrymogène bien connu. Un effet que l'ail produit aussi lorsqu'on en mâche un caïeu qui vous emporte la bouche et vous met les larmes aux yeux !

Depuis toujours, l'ail a poursuivi une double carrière. Il fait aussi bien merveille sous la toque blanche du maître queux que sous le bonnet noir du médecin d'autrefois.

On le trouve très présent dans la gastronomie méditerranéenne, de l'aïoli provençal au gaspacho andalou, de l'*ajo blanco* (ail blanc), soupe espagnole consommée froide à base d'amande et d'ail, au gigot finement fourré de caïeux. Et qui s'aventurerait à déguster des escargots sans leur beurre d'ail ? Ou de la brandade de morue non aillée ? Sans oublier le saladier avec lequel il fait si bon ménage.

De l'Antiquité au Moyen Âge, l'ail a aussi connu une brillante carrière médicinale. Les « quatre voleurs » de Marseille, restés dans la légende, n'avaient pas tout à fait tort de se sentir protégés de la peste par leur vinaigre à l'ail. L'alliine et l'allicine possèdent en effet des propriétés bactéricides marquées. À une époque où l'on ignorait tout des « microbes », et donc des agents de transmission de la peste et du choléra, il n'était pas absurde de s'en prémunir par des essences antiseptiques – d'où la coutume de brûler des herbes aromatiques pour délivrer l'air de ses miasmes. Les antibiotiques n'ont pas réussi à reléguer tout à fait ces pratiques anciennes, puisque l'aromathérapie – la thérapeutique par les essences – recourt toujours à leurs fortes propriétés antiseptiques. Mais l'essence soufrée et allylée de l'ail met aussi en fuite les vers, notamment les nématodes, comme l'ascaris. On note encore des propriétés hypotensives, mais sa réputation d'anticholestérolémiant a été mise à mal par de récents essais cliniques qui ne se sont pas révélés concluants.

En revanche, on a relevé des indications très positives dans l'inhibition des processus de cancérogenèse, Des études épidémiologiques menées en Chine au début des années 80 ont montré que les cancers de l'estomac étaient treize fois moins nombreux dans une province où la consommation journalière d'ail était en moyenne de vingt grammes que dans une autre où cette consommation n'était qu'occasionnelle. En revanche, la consommation d'ail semble ne pas avoir d'incidence sur la fréquence d'autres cancers, tels ceux du sein ou du poumon. Ces observations ont été confirmées par l'expérimentation animale où l'inhibition de la cancérogenèse par le disulfure d'allyl, entre autres composés soufrés voisins formés dans les bulbes, a été démontrée. Mais aucun médicament ne met encore à profit ces propriétés.

Les phytomédicaments à base d'ail ne peuvent officiellement se prévaloir que d'une indication unique : « traditionnellement utilisés dans le traitement des troubles circulatoires mineurs ». C'est à ce titre que les extraits d'ail sont prescrits, par exemple « Exail vitamine P® » pour le traitement de problèmes veineux tels que jambes lourdes, varices, etc.

Les détracteurs de l'ail ont invoqué l'haleine empuantie de ses consommateurs et, à travers l'Histoire, toutes sortes de stratagèmes ont été proposés pour éviter cet inconvénient domestique. Dioscoride conseillait de mâcher de la rue ; Parkinson préférait les feuilles de persil ; d'autres encore plaidèrent pour les fèves crues ou pour le grain de café torréfié. Nous n'avons pas fait l'expérience et, dans ces conditions, nous ne pouvons nous prononcer pour l'une ou l'autre de ces stratégies. Peut-être, au demeurant, faut-il tout bêtement accepter de sentir l'ail lorsqu'on en a mangé… ?

CHAPITRE VII

Les herbes condiments

Senteurs et saveurs méditerranéennes

Plus que les peuples d'Europe du Nord, les Méditerranéens manifestent un fort attachement à leur terroir. Pour un Grec ancien, le bannissement était un châtiment pire que la mort ; pour un Provençal, le fait que des hommes puissent vivre à Londres, à Hambourg, ou, pis encore, à Maubeuge, constituera toujours une énigme... Sous ces hautes latitudes vivaient les hyperboréens : point de mer tiède et bleue, point de fragrances, point d'odeurs d'herbes pour relever avec bonheur les grillades des barbecues, archaïques retrouvailles avec ces temps préhistoriques où nos ancêtres faisaient griller le gibier sur un feu de bois.

Pas question, à propos de chacune de ces herbes, de ressusciter son histoire, de décortiquer sa composition chimique, de répertorier ses usages dans la médecine d'autrefois et ses emplois dans la cuisine d'aujourd'hui. Ce serait là une bien pénible besogne, tant elles se ressemblent : toutes étaient connues des Anciens et leur réputation thérapeutique est à peu près tombée dans l'oubli. Elles contiennent des huiles essentielles odorantes, élaborées dans des poils dressés sur les tiges et les feuilles, spécialisés dans la synthèse de ces substances. Quant à leur usage condimentaire, il a désormais largement dépassé les limites du bassin méditerranéen.

La médecine d'antan apaisait la douleur des blessures par l'alcoolat vulnéraire (du latin *vulnus* : la blessure). Cet alcoolat résultait de l'action dissolvante de l'alcool sur toute une série de plantes aromatiques possédant des vertus antispasmodiques et carminatives expliquant leur usage en tant que condiment. La longue litanie des essences végétales présentes dans l'alcoolat se décline ainsi : absinthe, angélique, basilic, calament, fenouil, hysope ; lavande, marjolaine, mélisse, menthe poivrée, millepertuis, origan, romarin, rue, sarriette, sauge, serpolet et thym, le tout macéré à raison de 100 grammes de chaque espèce dans 4 500 grammes d'alcool à 60°.

Un botaniste distinguera immédiatement parmi cette liste les espèces issues de la famille des Labiées : le basilic, le calament, l'hysope, la lavande, la marjolaine, la mélisse, la menthe poivrée, l'origan, le romarin, la sarriette, la sauge, le serpolet et le thym ; il réaffectera les autres à leur famille d'origine : les Ombellifères pour l'absinthe, l'angélique et le fenouil, les Rutacées pour la rue, et les Hypéricacées pour le millepertuis. Toutes ces espèces se caractérisent par la composition de leurs essences. Certaines contiennent un principe actif nettement dominant, comme le menthol qui embaume la menthe, ou le thymol qui donne sa très forte odeur au thym, ou encore l'acétate de linalyle qui domine dans la lavande. D'autres ont des compositions plus complexes et leur essence contient un subtil mélange de substances odorantes dont aucune n'est nettement dominante.

Il est aisé de distinguer les Labiées par un ensemble de caractères hautement spécifiques qui, lorsqu'ils sont rassemblés, signent l'appartenance à cette grande famille botanique d'obédience méditerranéenne : tiges carrées, feuilles opposées, fleurs à deux lèvres – sauf les menthes –, deux petites et deux grandes étamines – sauf les sauges – et un fruit présentant quatre petites masses dures et arrondies, le tétrakène. Mais chaque herbe a son aspect particulier, du vert frais du basilic au gris terreux du thym, ce dernier étant adapté aux sols les plus maigres et les plus arides.

La lutte contre l'aridité du substrat, si fréquente en zone méditerranéenne, se manifeste chez certaines de ces Labiées par l'adoption de feuilles pérennes, de consistance rendue rigide par une épaisse couche de cuticule destinée à limiter la transpiration. De plus, ces feuilles sont allongées, très minces, réduisant au maximum la surface des tissus qui transpirent. Ces adaptations s'observent chez le romarin qui, de surcroît, enroule ses feuilles sur elles-mêmes pour cacher dans des cryptes profondes les stomates destinés aux échanges gazeux. Ces cryptes sont couvertes de poils, et la feuille enroulée dessine une cavité close où l'humidité due à la transpiration est soigneusement conservée. Quatre adaptations efficaces pour une même espèce : l'étroitesse du limbe, son fort revêtement cuticulaire, son enroulement sur lui-même et ses poils abondants, constituant un microclimat humide.

Rien de tel, en revanche, chez les menthes et les mélisses, le basilic, le calament et la sauge où les feuilles odorantes, à larges limbes, s'étalent, impavides, sur des sols plus hospitaliers. Un court répertoire évoquera, pour les plus connues de ces espèces, quelques traits essentiels :

Les menthes sont légion, au point que Walahfrid Strabo, abbé de Reischnau, écrivait dès le Xe siècle : « Si on voulait énumérer complètement toutes les vertus, espèces et noms de la menthe, on serait capable de dire combien de poissons nagent dans la mer Rouge, ou le nombre des étincelles que Vulcain peut compter, voltigeant hors des vastes fourneaux de l'Etna… » L'ardeur avec laquelle les menthes s'hybrident entre elles, véritable casse-tête pour les botanistes, donne raison à l'auguste abbé.

La menthe évoque la nymphe Minthe, mise en scène par Ovide dans ses *Métamorphoses.* Minthe était aimée de Pluton, l'effrayant dieu des Enfers. Quand Proserpine, son épouse, découvrit cet amour coupable, elle changea la jeune fille en une plante qui porte son nom. En souvenir d'elle, les jeunes filles grecques avaient autrefois coutume de tresser leur couronne de mariée avec des rameaux de menthe, détrônée plus tard par le myrte dédié à Vénus. Bonbons, chewing-gums, thé à la menthe font partie d'une consommation « mondialisée ». Mais l'Occidental admirera toujours l'extrême sophistication avec laquelle les Japonais accomplissent la cérémonie du thé, et l'habileté de l'Arabe d'Afrique du Nord ou du Moyen-Orient quand il étire le jet de la théière en l'éloignant toujours davantage de la tasse.

Comme le citron, la mélisse contient du citral. Réputée aimée des abeilles, dont elle porte le nom grec, c'est une plante mellifère majeure dont les infusions, tout comme celles de menthe, sont antispasmodiques et stomachiques, au même titre d'ailleurs que la verveine, ou citronnelle, qui accompagne avec bonheur les digestions difficiles et les lourdeurs d'estomac : vieille formule d'infusion au succès assuré.

Le romarin, si parfaitement adapté aux garrigues sèches, mais qui n'en fait pas un principe puisqu'on le cultive jusqu'en Europe du Nord, présente une singularité botanique rarissime pour une plante extratropicale : l'art de fleurir toute l'année, y compris en plein hiver. L'Anglais Thomas Moore disait de lui : « Quant au romarin, je le laisse courir sur les murs de mon jardin, non seulement parce que les abeilles l'aiment, mais aussi parce que c'est l'herbe consacrée aux souvenirs et, par suite, à l'amitié. » Une amitié qui, dans son cas, avait été sévèrement déçue : le roi Henry VIII la lui retira en raison de sa fidélité à Rome, ce qui lui coûta la vie mais, du même coup, lui valut la sainteté et la palme du martyr.

Le romarin a un tropisme nettement hépatique et entre dans plusieurs spécialités[1] destinées à faciliter les « digestions difficiles », c'est-à-dire un ensemble de manifestations appelées communément « crise de foie », concept typiquement français qui ne saurait s'expliquer

1. Romaraine® et Romarinex®.

strictement ni par une migraine, ni par l'existence d'un calcul de la vésicule biliaire, ni par une lésion de l'estomac ou du duodénum. Le romarin, comme le thym, entre dans de nombreuses recettes culinaires et apporte une contribution décisive aux senteurs et flaveurs méditerranéennes.

Le thym possède des priorités antiseptiques, antitussives, antispasmodiques et antihelminthiques, et fait bonne figure dans de nombreuses recettes culinaires. Quant à la sauge, dont il existe de nombreuses espèces, elle fut parée, durant l'Antiquité et le Moyen Âge, de toutes les vertus : elle était la panacée par excellence. Ne lisait-on pas au fronton de l'école de Salerne, au XIIe siècle : « Comment peut-il mourir, celui qui a de la sauge dans son jardin ? » Le fait est qu'il meurt quand même et que la sauge a fini par mourir avec lui, puisqu'elle a perdu ses propriétés thérapeutiques les unes après les autres, comme s'effeuille un artichaut. Aussi ne l'utilise-t-on plus guère aujourd'hui pour ses propriétés toniques, cholérétiques, antisudorales, hypoglycémiantes, astringentes, cicatrisantes, voire œstrogènes. Quelques accidents ont été signalés pour des essences de sauge riches en thuyone, susceptibles de produire des effets convulsivants. Mais c'est là un risque qui n'existe pas lorsque la sauge est utilisée à faible dose en tant qu'épice.

N'oublions pas la sarriette, à propos de laquelle se pose l'épineuse question : son nom dérive-t-il de satyre ou de saturer ? La première hypothèse s'appuie sur la réputation de la sarriette d'attiser violemment les feux de l'amour. Les satyres, on le sait, sont prompts aux assauts amoureux, et l'impuissance n'est pas leur pathologie dominante… Mais Henri Leclerc démonte cette étymologie : « Sur la foi de telles assertions, on s'attendrait à voir une plante redoutable, proche parente de la mandragore, gorgée de sucs véhéments et parée de teintes troublantes, comme une sorcière prête à affronter les orgies du sabbat : on est tout étonné, voire un peu déconcerté de se trouver en présence de la plus décente des herbes. Une herbe aux rameaux grêles que garnissent d'humbles feuilles linéaires d'un vert cendré, et dont la petite fleur lilas se ponctue d'une pudique rougeur. Une herbe qui semble avoir été créée pour figurer dans le jardin d'un couvent de bonnes sœurs. Non moins rassurant est son parfum discret qui rappelle celui du thym et s'affirme plus propre à favoriser d'honnêtes digestions qu'à porter dans les veines le feu dévorant de la concupiscence… » On comprend que certains étymologistes, renonçant aux satyres et à leur boulimie charnelle, aient rattaché le nom latin de la plante au verbe *saturare,* parce que, dit Jean Bauhin, « on en use largement pour la mélanger et la faire cuire avec les aliments ».

L'arbre des bacheliers

Sortons de l'enclos des Labiées et passons de l'herbe à l'arbre. Voici le laurier : proche cousin de la cannelle, il appartient à la famille des Lauracées et n'a aucune affinité avec les Labiées ; on l'évoque ici par pure affinité gastronomique, car ses feuilles, comme les herbes de Provence, assaisonnent généreusement les mets les plus divers.

Dans le monde antique, la victoire était récompensée par deux plantes symboliques : la palme et le laurier. La palme était en général destinée aux martyrs qui avaient su mériter la plus dure des victoires, celle qu'on remporte sur soi-même. Quant aux empereurs triomphants, c'est la couronne de laurier qu'ils ceignaient sur leur tête. Celle-ci était faite de rameaux de laurier (en latin *laurus*) avec leurs fruits, des baies (en latin *bacca*). D'où le nom de baccalauréat, bien qu'on n'ait pas coutume de dresser des couronnes de laurier à nos jeunes bacheliers qui ignorent tout de l'étymologie du nom de cet examen si convoité. Mais Bachelier est aussi le nom d'un botaniste à qui revient le mérite d'avoir rapporté de Constantinople le premier marronnier, planté à Paris en 1615. Trop tard venu, il n'a acquis aucune signification symbolique. En revanche, la vénération dont jouit le laurier dans toutes les civilisations du bassin méditerranéen lui a valu le nom de « laurier noble » que lui a conféré Linné.

Le laurier évoque un amour déçu d'Apollon qui s'était follement épris de la nymphe Daphné ; mais celle-ci se refusant à lui finit par s'enfuir. Craignant d'être rejointe, elle supplia Zeus qui la transforma en laurier pour la soustraire à la passion du dieu solaire. Cependant, Apollon l'aimait toujours et demanda à Zeus d'en faire son arbre : « Que désormais ton feuillage couronne mes cheveux, ma lyre, mon carquois… Je veux aussi parer ton feuillage d'un printemps éternel. » Ainsi naquit le laurier qui couronne les premières « Marianne » de nos timbres : dans les catalogues des philatélistes, ceux-ci voient leur valeur varier selon qu'elles sont laurées ou non…

Dans *Horace* de Corneille, on lit à l'Acte V : « Laurier, sacré rameau qu'on veut réduire en poudre,/Vous qui mettez sa tête à couvert de la foudre… » C'est qu'en effet le laurier passait pour protéger de la foudre, majestueux apanage du premier des dieux, Jupiter. Pierre Delaveau s'interroge : « Est-ce pour ces deux raisons – emblème d'Apollon et effet paratonnerre – que Jules César se ceignait la tête d'une couronne de laurier, à l'instar des poètes ?… » Noble hypothèse que ruine malicieusement Montesquieu : « Le général victorieux voulait simplement cacher sa calvitie… »

Mais, au cours des siècles, l'arbre d'Apollon et de Jupiter perd de son prestige. Il n'est plus seulement réservé à des usages sacrés ; le voici qui se banalise et devient laurier commun ou, pis encore, laurier sauce ! D'où ces vers bien prosaïques de Béranger : « Vous ne trouverez le laurier bon/Que pour la sauce et le jambon… »

La feuille de laurier contient une huile essentielle et une huile fixe, non distillable à la vapeur d'eau. L'huile essentielle a une composition qui évoque celle de la cannelle, sa cousine de la famille des Lauracées. L'huile fixe contient un acide gras fondamental, l'acide laurique, à dix atomes de carbone linéairement disposés. Associée au thym et au persil, la feuille de laurier participe au fameux « bouquet garni » qui parfume nos cuisines et en fait le plus classique des condiments.

CHAPITRE VIII

Curry ou carry

Après les solistes, écoutons l'orchestre ! Si chaque épice a sa personnalité, les accommoder est tout un art. Chaque tradition s'y est employée. Les épices se combinent et s'harmonisent en mélanges complexes et sophistiqués variant d'une table à l'autre, d'une région à une autre, d'un pays à son voisin, d'un continent à ses antipodes ; d'où un gigantesque, moelleux et chatoyant kaléidoscope de couleurs et de saveurs, de fragrances et de flaveurs. D'autant qu'il n'est pas rare que le même plat soit assaisonné de subtils mélanges… de mélanges !

On dénombre en Inde une dizaine de ces mixtures appelées *masalas* et faussement baptisées *currys.* Le terme *curry* est d'origine anglo-saxonne ; il dérive de *carry,* nom d'un mélange de légumes épicés originaire de Madras, au sud de l'Inde. Pour préparer un curry de mouton, comme le conseille Alain Stella, « ce n'est pas un, mais trois *masalas* différents qui sont utilisés. Le premier, frit dans l'huile où la viande est d'abord dorée, comprend du gingembre, de l'ail et du piment. Le second, qui mijotera avec la viande durant au moins une demi-heure, marie de la cardamome à des feuilles de cannelier de Chine, similaire à notre laurier. Le troisième, ajouté quelques minutes avant de servir, est le mélange couramment utilisé dans les currys en fin de cuisson, le *garam masala.* Le plus souvent doux, merveilleusement aromatique, il donne sa touche caractéristique aux plats en harmonisant poivre noir, cumin, cardamome, clous de girofle et cannelle. Mais il existe aussi plusieurs versions *de garam masala.* ».

Bachelard disait des simples – les plantes médicinales – qu'elles étaient très complexes. Les épices aussi ! Un grand nombre d'ouvrages leur ont été consacrés au cours de la dernière décennie, ainsi qu'à ceux qui ont risqué leur vie au-delà des mers pour les mettre à notre disposition. Faut-il voir là une réaction instinctive contre les risques que la mondialisation fait peser sur la diversité des cultures et des traditions culinaires ? Car le monde des épices est l'exacte antithèse de la standardisation et de la simplification à outrance que symbolisent sur tous les continents l'emblématique Coca-Cola et l'omniprésent McDonald's. D'un côté, une culture unique, l'américaine, répandue sur la terre entière dans le style tex-mex ou Buffalo-Gril ; de l'autre, la vie intense et colorée jaillissant des terroirs et des identités régionales. Mais les voyages vendus par les tour operators eux aussi se standardisent, se banalisent et se « chartérisent » : les mêmes hôtels, le même confort, les mêmes îlots de richesse tranchent effrontément sur la pauvreté des peuples environnants. D'où, sans doute, ce besoin d'aller chiner dans les souks et sur les marchés bigarrés des pays visités. La « couleur locale » s'est totalement retirée des quatre-étoiles lovés au bord des lagons, que protègent barrières de récifs, alignement de cocotiers et barbelés, si nettoyés des traditions autochtones qu'il est impossible, si on y reste cantonné, de rien connaître du pays d'accueil… Pourtant, tout à côté, la vie locale offre la diversité de ses richesses, « fruits de la terre et du travail des hommes ». Il faut s'y plonger, humbles et curieux, pour communier avec ces peuples qui vivent ou plus souvent survivent sur les terres aux épices.

À l'île Maurice, on ne ratera pas le fameux Jardin des Pamplemousses où furent accueillies, grâce aux initiatives hardies de Pierre Poivre, la muscade et la girofle. Ailleurs, on visitera les souks, symboles de l'Orient parfumé et coloré, de Marrakech à Tunis, du Caire à Damas et Bagdad. On humera les odeurs chaudes et épicées des entrepôts portuaires d'où partent caisses et ballots d'épices. Voyage dans l'espace sur notre petite planète, mais aussi voyage dans le temps en retrouvant, à travers nos interlocuteurs d'aujourd'hui, ces ancêtres proches ou lointains qui, de génération en génération, se sont transmis savoirs et traditions millénaires. S'il n'est plus nécessaire, pour cela, d'affronter les tempêtes du Cap, le voyage offert et « formaté » par les agences, curieusement baptisé de ce côté-ci du monde du vilain substantif de « produit », restera malgré tout une aventure.

Dans le livre culte de Franck Herbert, *Dune,* la chasse à l'épice est la grande affaire de la galaxie. Qui tient l'épice, détient le pouvoir intersidéral. Certes, de nos jours, les épices n'ont plus ce pouvoir ni ce prestige ; mais elles évoquent un monde multiple et infini, celui des aventuriers ou « savanturiers » dont les exploits nous font toujours rêver. Et quoi rêver de mieux que le rêve dans ce monde uniforme et plat auquel on voudrait nous acclimater et dont nous ne voulons pas !

Chapitre IX

Mon ami Jean Cabodi

La route étroite gravit la colline sur laquelle est perché le beau village médiéval de Limbour, en Belgique. Bordée de murs derrière lesquels se cachent maisons et jardins, elle s'incurve et des pavés remplacent soudain le revêtement macadamisé. L'on débouche alors sur une place aux proportions harmonieuses, dont le sol rudimentairement pavé se fait l'écho du bruit des calèches qui le parcouraient jadis… Les façades sagement alignées confèrent à ce haut lieu une sorte de charme intemporel.

Sur la droite, l'Auberge du Dragon se signale par une enseigne discrète qui, pour un peu, passerait inaperçue. Mais il suffit de frapper le gong pour que le tenancier, Jean Cabodi, vous accueille, comme sorti d'une œuvre de Brueghel : ample tablier blanc, généreuse corpulence, visage truculent, regard pétillant de malice et de complicité. Pas question, ici, de consulter une carte ! Le maître des lieux se charge de vous mitonner un menu de sa composition au gré des arrivages de produits frais. Et c'est bientôt une sorte de vertige de saveurs qui vous flattent le palais et mettent littéralement vos papilles sens dessus dessous. Soja et maïs transgéniques sont à des années-lumière d'ici ! Légumes, venaisons et garnitures sont délicatement relevés par des mélanges d'épices en parfaite entente.

Ce sont quelques-unes de ces recettes que nous offre ici Jean Cabodi. Qu'il en soit vivement remercié ! Et vous, amis lecteurs, à vos fourneaux et à vos casseroles !

LES RECETTES

de

Jean Cabodi

ÉPICES UTILISÉES DANS LES RECETTES

Badiane
Cannelle
Cardamome
Cayenne
Coriandre
Cumin
Curcuma
Curry
Genévrier
Gingembre
Girofle
Moutarde
Muscade
Piment d'Espelette
Piment rouge
Poivre blanc
Poivre noir
Poivre (piment) de la Jamaïque
Quatre-épices
Raifort
Safran
Vanille

En cuisine

Les habitudes culinaires n'ont pas beaucoup changé depuis l'Antiquité. Chaque région possède son climat, ses plantes, et c'est dans cet environnement que s'enracinent ses traditions de table. Les hommes et les femmes se nourrissent de ce que leur apporte, au gré des saisons, une nature toujours renouvelée qui leur dispense ainsi cette variation dans l'immuable et le répétitif qui permet à chacun de parfaire, selon les goûts, la préparation de ses repas. « Offerte » parfois à prix d'or, la curiosité intrigue cependant l'autochtone : sans quitter sa cuisine, il peut voyager dans son assiette grâce à ces précieuses récoltes alignées dans de petits flacons sur l'étagère de la cuisine. Encore faut-il les avoir expérimentées. Les voyages sont parfois hasardeux…

Toute réussite repose sur des bases simples. L'observation attentive d'un mets en pleine transformation vous fournira les indications nécessaires sur le chemin à suivre. Le résultat obtenu, après dégustation, la confiance s'installera en vous ; chaque répétition vous semblera de moins en moins compliquée ; votre attention s'affinera sur des phases qui, de prime abord, vous paraissaient de peu d'importance : ainsi les températures employées du début à la fin selon la matière, sa densité, son degré d'humidité, le même degré dans l'enceinte de cuisson, etc.

Le poivre, le sel, une baie ou une feuille aromatique placée seule ou accompagnée, que ce soit avant, pendant ou après la cuisson : tout peut en être transformé sans votre intervention. La synergie de l'un avec l'autre, la pénétration des saveurs, leur exacerbation mutuelle ne sont pas univoques mais se manifestent en tous sens. C'est un opéra dans lequel chaque note doit intervenir sans briser l'émotion commandée par la baguette du chef. Et le chef, c'est vous !

MÉLANGE ANCIEN

Servi tel quel, non chauffé, il peut convenir à de multiples usages. En guise de sauce, il nous semble ne pas devoir redoubler les saveurs d'un autre plat venant avant ou après.

Équipement : un mortier et un pilon (non lisse).

Plantes vertes, fraîches, aromatiques en diverses proportions, selon votre disponibilité et votre goût (les plantes utilisées doivent être d'un état de fraîcheur incontestable). Exemples : épinard, cresson, cerfeuil, persil plat, quelques feuilles de menthe, basilic.

Verser un peu de fleur de sel de Guérande ; malaxer, selon la dimension du mortier, une ou deux espèces ou plusieurs à la fois ; verser dans un bol et diluer ensemble avec un peu de bon miel liquide, de l'huile d'olive, un peu de vinaigre, poivre si nécessaire.

Varier l'intensité avec l'âcreté de certaines plantes par opposition au miel choisi, à l'huile utilisée et à la quantité de vinaigre introduite. On doit sentir à la fois la douceur du miel et l'acidité du vinaigre. L'ensemble des herbes enrobées par l'huile choisie pourra être plus pimenté ou plus fleuri selon les cas. En définitive, la provenance de vos ingrédients sera toujours la clef des saveurs assemblées.

LE PAIN PERDU À LA CRÈME D'ÉPICES

Trancher un petit pain au lait brioché (celui de mon boulanger est une merveille ; préparé au lait entier, il le confectionne spécialement pour en faire ensuite des biscottes qu'il vend à la pièce après les avoir dorées sous la sombre voûte de son four à bois, alors que les rayons du soleil sont depuis longtemps déjà venus caresser ses fournées de pain frais).

Ce pain un peu rassis se découpe à votre gré : pour nos pains perdus, des tranches de 3 cm d'épaisseur seront nécessaires ; couper ensuite en deux, placer au four afin de biscotter en dorant sans excès ; au sortir du four, la biscotte doit être sèche et dure au toucher ; les dresser pour les refroidir.

Préparer une crème à l'anglaise comme suit : 2 belles étoiles de badiane (anis étoilé) ; ± 10 baies de piments de la Jamaïque ; 1 bâton de cannelle de 10 cm ; 1 bâton de vanille fendu, le tout mouillé d'1 litre de bon lait ; cuire puis infuser (attendre) 10 minutes. Pendant ce temps, prendre 250 g de sucre semoule et 14 jaunes d'œuf (prévoir un récipient suffisamment grand), y verser le lait, mélanger jusqu'à l'obtention d'une masse lisse et onctueuse (le mélange a alors doublé de volume et on ne décèle plus les grains de sucre : on dit que l'on blanchit le sucre). On le faisait naguère à la spatule ; en l'occurrence, on peut le faire avec le fouet d'un batteur électrique.

Après avoir versé le lait sur cette masse en la diluant au fouet, reverser promptement dans le récipient où le lait se trouvait. Porter sur la source de chaleur et mélanger avec une spatule afin de lier la crème à l'anglaise, ce qui s'obtient rapidement, vu le nombre de jaunes d'œuf. Prévoir un chinois.

Le lait va très vite atteindre 80°, des fumerolles s'en échappent alors. La spatule se nappe parfaitement et onctueusement de la sauce. Retirer de la source de chaleur et verser rapidement au travers du chinois. Sans attendre, enfoncer le récipient dans un évier d'eau glacée et « vanner » avec la cuillère en bois : refroidir au plus vite la préparation, évitant ainsi la prolifération de germes néfastes à la santé et à la conservation. Placer au frigo la sauce aux épices ainsi préparée.

Prélever la quantité de sauce nécessaire à tremper les biscottes. Ajouter 1 œuf entier et battre à la fourchette. Ajouter un peu de lait.

Les biscottes rangées sur une plaque, verser la composition par-dessus et laisser bien absorber le liquide.

Poêler au beurre et dorer chaque côté. Ajouter alors sur une face du sucre semoule. Caraméliser en retournant une ou deux fois. Flamber au calvados. Poser sur une assiette dont le fond est recouvert de la sauce aux épices.

CRÈME (À L'ANGLAISE) AUX ÉPICES – BAVAROIS – ŒUFS À LA NEIGE

Si vous êtes plus de 4 personnes, il vous restera de la crème (celle non utilisée et celle qui a servi à tremper le pain perdu). Passez-la dans un chinois (tamis) et mesurez le volume de l'ensemble.

Il suffit alors de 1, 2 ou 3 feuilles de gélatine trempées à l'eau froide, que l'on dissout dans la valeur d'une tasse de lait bouillant et que l'on mélange à la crème froide.

Fouetter alors le même volume de crème fraîche qu'il y a de crème à l'anglaise restante. Mélanger le tout. Verser dans un ou plusieurs moules légèrement enduits d'une huile douce (par exemple huile d'amande douce, de noisette ou encore d'arachide ou de carthame). Ces moules ainsi emplis et placés au frigo puis démoulés nous donneront un excellent *bavarois* que vous pouvez servir avec du chocolat noir fondu, légèrement dilué d'eau de lait ou de crème, et répandu au fond d'une assiette avant d'y poser une tranche ou un petit moule de bavarois.

La crème aux épices peut aussi servir à confectionner des *œufs à la neige*. Par-dessus ceux-ci, quelques cuillères de sucre glace, impalpable, caramélisé à sec dans une poêle anti-adhésive, additionné d'une pointe de cayenne en poudre, serviront à former en filet un cordon sur les œufs placés en îles flottantes au milieu d'une assiette garnie de crème.

Si vous décidez d'en servir à un moment assez rapproché des pains perdus ou du bavarois, profitez du lait bouillant ayant servi à la crème anglaise pour y pocher l'ensemble ou une partie des blancs récupérés lors de leur séparation d'avec les jaunes.

Le fouet et le récipient pour fouetter les blancs seront lavés au vinaigre et au sel. Rincez et égouttez. Fouettez avec une pincée de sel. Lorsqu'ils sont montés en neige très ferme, les prélever à l'aide d'une grande cuillère à sauce ou d'une petite écumoire, et les pocher dans le lait parfumé. Égouttez. Posez ensuite sur un linge au frigo.

On peut aussi légèrement sucrer les blancs, mais ce n'est pas nécessaire : la crème et le sirop (caramel) compensent et équilibrent l'ensemble.

POTAGE AU POTIRON (OU POTIMARON)

Intérieur rouge orangé
Extérieur brun-ocre clair
Facettes très échancrées

3 volumes potimaron
1 volume blancs de poireaux
1/2 volume pommes de terre bintje
beurre-huile
sel, poivre, cumin, cayenne, laurier
Si velouté : beurre, farine, lait ou crème,
fécule de maïs, lait, crème

Éplucher et sectionner en petits tronçons les poireaux coupés en quatre dans le sens de la longueur. Bien laver. Égoutter.

Pour éplucher le potimaron : couper en quatre, puis en deux transversalement. Fendre ensuite en suivant chaque échancrure à l'endroit le plus profond. Couper à nouveau chaque morceau transversalement. Il est alors facile de peler chaque section rapidement.

Le tout est ensuite découpé en dés comme les poireaux. Laver et étuver au beurre et à l'huile, le tout bien humide, le couvercle par-dessus, à feu vif. La vapeur sortante vous indique qu'il faut mélanger. Entre-temps, prévoir de l'eau bouillante, mouiller et continuer la cuisson ; ajouter les pommes de terre. Saler ; poivrer ; mettre un peu de cumin moulu, un peu de cayenne et une feuille de laurier. En fin de cuisson (± 25 minutes), enlever la feuille de laurier et passer au mixer.

Recuire lentement ; goûter. Si l'on veut un velouté, prévoir 1/3 ou 1/4 du volume de béchamel ; passer alors l'ensemble à ébullition dans un chinois fin. Ajouter la crème au moment de servir.

DOS DE MORUETTE AUX ÉPICES ET POIREAUX À L'ORGE PERLÉ

Cuire de l'orge à l'eau salée ; y adjoindre une pointe de curcuma. Terminer la cuisson jusqu'à ce qu'il gonfle bien. Tenir dans son jus de cuisson.

Couper au centre le tiers de la longueur d'un poireau afin d'avoir un segment allant du blanc jaune au jaune vert. En éliminer les feuilles trop vert foncé. Couper en tronçons de ± 6 cm de long et fendre en bâtonnets d'1/2 cm de large. Bien laver. Égoutter. Prévoir une cuisson à la vapeur afin de les garder juste cuits.

Le jeune cabillaud dépiauté, dégorgé à l'eau claire, est tronçonné et séché sur un linge ou un papier absorbant.

Déposer une ou deux faces dans le mélange qui suit : dans 20 g de raz el hanout, ajouter 10 g de cannelle moulue et 5 g de gingembre moulu ; bien mélanger l'ensemble.

Cuire à la poêle anti-adhésive avec huile ou beurre sur les deux faces (celle qui est épicée la première).

Cuire les poireaux ; égoutter l'orge ; dresser l'orge sur une assiette chaude ; parsemer de poireaux qui, au sortir de la vapeur, seront arrosés d'un peu d'huile de basilic ; poser le poisson par-dessus le beurre (ou l'huile) de cuisson.

Disposer autour quelques branches de cerfeuil.

CRÊPES FLAMBÉES AU RAISIN MUSCAT

Prendre un bol et battre un œuf par personne. Ajouter une pincée de sel fin, de la farine et du lait afin d'obtenir une pâte sans grumeaux. Tamiser la farine et battre la pâte comme en Bretagne avec une main, les doigts servant à jauger et commander les opérations : pour ce qui est de la consistance, de l'onctuosité et de la fluidité, il n'est pas meilleurs palpeurs pour vous indiquer la quantité de lait nécessaire et éviter les grumeaux.

Les raisins ? Pelés, pour bien faire : travail fastidieux, mais il en existe de pelés et sans pépins, au sirop, en boîte, qui donnent entière satisfaction. Confectionner un sirop de sucre dans une poêle en frottant 6 morceaux de sucre par personne sur une écorce de citron non traité ; un peu d'eau, de vin blanc doux (si on en a), un peu de cointreau, un morceau de beurre. Cuire et ajouter les raisins.

Ajouter alors une pointe de safran qui donnera à ce sirop une teinte et un parfum très souvent méconnus.

Les crêpes sont alors confectionnées à la poêle et au beurre, puis passées dans le sirop sur leurs deux faces. Bien les tremper et les plier en quatre. Flamber avec le cointreau additionné d'une pointe de cognac ou de kirsch. Bien napper les crêpes et les retourner longuement afin qu'elles s'imbibent de cet onctueux sirop parfumé à souhait.

Servir alors tel quel, ou accompagné d'une belle glace à la vanille.

Si on use de raisins en boîte, il n'est pas nécessaire de frotter les sucres sur le zeste de citron.

On peut, si on veut, écraser des macarons et en parsemer les miettes sur les crêpes dès que la pâte est dans la poêle.

TERRINE DE LAPIN DOMESTIQUE

Prendre la moitié du volume d'une terrine soit en filets de lapereau, soit en restes de lapin (en utilisant les bas morceaux). Et l'autre moitié en lard entrelardé (lard de poitrine de porc salé). Prendre aussi un nombre de tranches très minces de ce même lard, ou bien de lard fumé, afin d'en recouvrir en les faisant se chevaucher dans votre terrine (fond, dessus et les quatre côtés, ou sur le pourtour si elle est ronde ou ovale).

Couper le lapin désossé et le lard en « bâtons » assez longs mais d'une épaisseur n'excédant pas un gros doigt.

Assaisonner le lapin de sel, de poivre, de quatre-épices – que vous pouvez confectionner au mortier en écrasant une cuillère de clous de girofle et 5 cuillères de poivre noir (ou blanc, si vous préférez plus doux) ; mêler une bonne cuillère de gingembre moulu et deux de noix de muscade. Râper un peu de la peau d'une orange non traitée. Selon les goûts, on peut ajouter au mélange une quinzaine de baies de genévrier légèrement écrasées et concassées à l'aide d'un gros couteau ; une gousse d'ail ou plus, si vous le désirez. Afin de bien amalgamer l'ensemble, on peut l'écraser au mortier avec le sel qui servira à l'assaisonnement. Cette pâte se mêlera ainsi plus intimement aux morceaux à assaisonner. Thym frais et marjolaine fraîche sont ajoutés à l'ensemble. Malaxer le tout dans un bol et tenir au frais toute une nuit.

Disposer les tranches de lard coupées très fines en commençant par le milieu du fond et en remontant vers les bords. Laisser dépasser ce qui servira de couvercle. Toutes les tranches étant placées à la verticale et la terrine étant remplie de farce, ce qui en dépasse sera rabattu et enfermera la farce. Rabattre les tranches de lard sur le dessus : celles-ci forment le couvercle de la terrine.

La farce aura été rangée dans le même sens (celui de la longueur) en faisant alterner lapin et gras. Poser une feuille de laurier. Couvrir d'un couvercle ou d'un papier aluminium.

Cuire au bain-marie au four, 1 heure 30 à 200°, en diminuant en fin de cuisson. Enfoncer une aiguille au centre et la poser sur sa lèvre inférieure : si l'aiguille est chaude, le pâté est cuit.

Retirer du four. Lorsque la terrine est froide, couler du saindoux par-dessus et attaquer sa dégustation dès le lendemain.

COMPOTÉE MÉDITERRANÉENNE

Oignons blancs doux à peau blanche : bio en toute saison, ou, à la saison, avec des oignons rosés de Roscoff. Il faut ± la même quantité de chacun des légumes coupés : oignons, poivrons jaunes, poivrons verts, et, pour l'œil, un ou deux poivrons rouges.

Couper le tout en carrés ou triangles ± réguliers. Ne pas laisser leurs pépins aux poivrons.

Dans une vaste casserole, chauffer doucement un fond d'huile d'olive de qualité, y poser 1 ou 2 piments d'Espelette sans écraser, 1 feuille de laurier et de l'ail au goût « oui ou non » ; à la saison, 1 bouquet ficelé de thym et romarin frais ; de la fleur de sel. Mélanger à la cuillère en bois.

L'huile devra enrober les légumes : n'en mettez pas trop peu. L'ail peut être retiré après légère coloration, il a fait son office.

Verser les oignons, mélanger et couvrir, tenir à bon feu. Dès qu'apparaît la première vapeur, ajouter les poivrons et mélanger, puis couvrir. Attendre deux minutes et répéter l'opération : mélanger, couvrir. Ajouter alors un peu de safran. L'oignon doit acquérir une belle transparence (il ne saurait y avoir coloration), les légumes attendris ne doivent pas lâcher leur eau. En mélangeant délicatement, vous devez observer l'onctuosité sirupeuse de l'huile mêlée aux sucs d'oignons et de poivrons.

À ce moment, mettre la casserole au frais, et, lorsqu'elle a refroidi, verser dans un récipient de garde ou de service. La couleur chaude de la compotée vous donnera envie d'en apprécier la subtile saveur.

Servir avec un pâté ou un poisson, une volaille chaude ou froide : le plaisir, vous le tenez !

DOS DE SAUMON AU CORIANDRE

Prévoir un bon fond de veau bien gélatineux, le réduire avec une bonne quantité de baies de coriandre écrasées, un clou de girofle et une fine pincée de graines de cumin. Amener à réduction à la quantité nécessaire de sauce.

Pendant ce temps, le saumon est assaisonné seulement sur la peau avec sel et poivre.

Le cuire sur la peau dans une poêle anti-adhésive avec un minimum d'huile d'olive. Terminer la cuisson avec un couvercle.

Passer la sauce dans un chinois fin après rectification de l'assaisonnement.

Ajouter du beurre frais et peut-être quelques gouttes de citron. Saucer le fond du plat ou de l'assiette.

Dresser le saumon, cette fois la peau par-dessus. Garnir de feuilles de coriandre frais ou, à défaut, de persil.

Servir avec une pomme vapeur ou en robe des champs, voire des pâtes.

SANDRE ET CHICORÉE DE BRUXELLES À L'HUILE DE PÉPINS DE COURGE

Lever les filets de poisson nécessaires à vos besoins. Écailler la peau avec la lame d'un gros couteau tenu presque parallèlement à la peau. Dégorger à l'eau.

Se servir des arêtes concassées avec céleri, oignon, eau et vin blanc sec ou Noilly Prat dry, sel, poivre. Cuire 20 minutes. On obtient un meilleur résultat en faisant préalablement étuver au beurre les légumes, puis les arêtes avant de les mouiller. Passer ensuite au chinois et réduire ce fond afin de le concentrer et d'en augmenter ainsi la sapidité.

Cuire des chicorées de Bruxelles coupées en deux dans le sens de la longueur dans une casserole et sur un seul fond (ne pas superposer), avec sel, poivre, curry, eau, papier, assiette par-dessus et couvercle.

Le poisson sera tronçonné et cuit à la vapeur le moins longtemps possible, afin de lui garder sa couleur nacrée.

Une fois cuits, dresser les chicons. Tenir au chaud. Verser la réduction fortement réduite avec la cuisson des chicorées. Ajouter une pointe de curcuma et, si cela vous plaît, une pointe de cumin.

Cuire vivement et incorporer un morceau de beurre frais et de l'huile de pépins de courge. Fouetter, goûter, rectifier au sel et cayenne.

Passer au chinois. Napper les chicorées et poser le sandre au centre de l'étoile de chicons. Garnir d'une belle peluche de cerfeuil.

Accompagner de blé, riz ou lentilles.

POIRE AU VIN BLANC ET CITRON VERT

Peler, couper en deux, enlever les pépins et le reste de la mouche.

Cuire du vin blanc de votre choix (plutôt sec). Ajouter des tranches de citron vert que l'on a pelé à vif après avoir ôté le zeste (c'est-à-dire : avec un éplucheur, peler le citron ; à l'aide d'un couteau très acéré, ôter la peau blanche et couper ensuite en tranches).

Pour 6 poires, joindre 1 citron, 2 clous de girofle, 2 bâtons de cannelle, 6 tranches de 1 mm de gingembre frais, un peu de safran, 1 bâton de vanille fendu, 300 g de sucre roux, un peu de candi brun (ou mélasse).

Les poires étant cuites, les débarrasser dans un plat et réduire la cuisson afin d'obtenir un sirop onctueux que l'on versera tel quel sur les poires. Refroidir.

Les zestes blanchis, les cuire avec sucre à hauteur et un peu d'eau. Dès qu'ils sont translucides et que le liquide est juste suffisant pour les contenir, arrêter la cuisson. Ces zestes confits serviront à décorer la préparation.

Poire et glace à la cannelle, ou poire fraîche mûre avec

petit-suisse monté à l'huile d'olive extra-vierge, miel de lavande et tranches ou quartiers de citron vert et zestes confits.

LAPIN À LA BIÈRE DES HAUTES-FAGNES DE LA BRASSERIE DU LION

La rousse des Hautes-Fagnes, préparée par une minuscule brasserie près de Limbourg, est une merveille aux saveurs subtiles, relevées d'arômes purs et vrais. J'en ai profité pour déglacer et mouiller à mi-hauteur un lapin domestique, découpé sans excès : tête, pattes de devant et de derrière, et le dos en trois morceaux.

Assaisonner copieusement de sel, poivre, quatre-épices. Sauter dans du saindoux, ou une graisse de canard fondue, ou une graisse d'oie, ou un mélange d'huile et de beurre.

Bien colorer. Y ajouter 4 beaux oignons rouges en fins quartiers et, après un moment à feu vif, retirer et singer de 2 poignées de farine. Bien imbiber les morceaux.

Mouiller alors tout en déglaçant de 2 bouteilles de 33 cl de cette boisson régionale bien traitée. Ajouter 2 cuillères à soupe de coriandre en baies et de genévrier (mettez-en une cuillère bien pleine).

Les morceaux disposés les uns à côté des autres dans la poêle profonde ou dans le sautoir sont mouillés presque à hauteur avec de l'eau. Continuer la cuisson au four ou couvrir d'un couvercle.

S'assurer à l'aide d'une fourchette ou d'un couteau pointu de l'à-point de cuisson désiré.

Une pomme de terre bintje « frêtée » (cuite à sec au four dans sa peau ou sous la cendre), quelques pruneaux au vinaigre tels qu'on en trouve par chez nous font à ce plat un accompagnement de choix.

À LA LIÉGEOISE

On se souvient des grives. On se rappelle l'envol de l'industrie métallurgique liégeoise qui laissa pour compte, au fond de leur cambrousse, ceux qui, dans leur cocotte en terre cuite, se fricotaient de temps en temps quelques-uns de ces volatiles méconnus des villes. Dans le coin du fournil, le jour de la cuisson du pain, profitant de la douce chaleur des braises parfumées, à gestes délicats la grand-mère déposait cette cocotte si banale à nos yeux, avec ses anses remontantes et son couvercle bosselé. La porte de ce tabernacle une fois refermée, on l'oubliait presque, mais, une fois assis tous autour de la table, la casserole revenait, empoussiérée, sous nos yeux, et tous on attendait. Entourée d'un torchon à carreaux, la main de grand-mère soulevait le couvercle, et, dans un nuage de vapeur parfumée, on entendait chanter les grives préparées.

La recette en était simple, mais réclamait attention :

Qu'il s'agisse de grives, cailles, pigeonneaux, perdreaux ou de tout autres petits volatiles dont vous disposez, il faut faire en sorte que ceux-ci laissent place à leur entour, une fois la casserole choisie, aux pommes de terre, fermes ou cuites à votre goût, soigneusement épluchées et à peu près du même calibre (pas trop grosses). Les cuisiner, les tourner, leur donner 8 à 10 coups de couteau bien réglés. Ces olives de même longueur, aux faces bien régulières, permettent, quand on les retourne, un à-point de cuisson et une coloration uniformes.

Prévoir des dés de pain – cubes de 2,5 à 3 cm de côté –, du beurre. Si la cocotte n'est pas en terre, prenez un matériau lent à chauffer (fonte émaillée ou cuivre étamé).

Chauffer le beurre (raisonnables, la quantité et la chaleur) en sorte qu'il ne se colore pas. Déposer, bien assaisonnés de sel et de poivre à l'intérieur et à l'extérieur, les volatiles et les pommes de terre crues. Couvrir aux 9/10e du couvercle et faire partir la cuisson, lente et régulière. Les premières vapeurs s'échappent : secouer un peu, rouler les pommes de terre dans le beurre. Ouvrir. Dès coloration des oiseaux, les retourner. Si les pommes de terre attachent un peu au fond, les y laisser : elles se détacheront plus tard. Colorer ainsi gentiment toutes les faces des volailles.

Pendant ce temps, n'ayant pas d'excès de matière grasse dans la casserole, faites colorer légèrement au beurre les croûtons dans une poêle. Ne pas les laisser tranquilles tant que vous n'aurez pas obtenu une coloration régulière sur chaque face. Saler et tenir sur le côté. Écraser 6 à 10 baies de genièvre. Concasser légèrement au couteau et, avec les croûtons, les ajouter à la cocotte.

Couvercle fermé, laisser absorber les sucs de la volaille et du genièvre par les croûtons.

Au moment de servir, verser une lampée de pêltêt, couvrir, donner un coup de chaud, et lever le couvercle devant les convives. Pommes de terre et croûtons ont absorbé beurre et genièvre.

Vous verrez, il n'y a pas de sauce : délice rare !

ROGNON DE VEAU À LA LIÉGEOISE

Le rognon de veau à la liégeoise est certainement le plat dont la cuisson est la plus délicate à bien mener dans cette préparation.

Le rognon doit être d'une extrême fraîcheur. Il faut le fendre en deux dans le sens de la longueur et en ôter le filet : ces petits canaux graisseux s'enlèvent d'un coup de couteau en forme de V donné en biais sur la longueur.

Saler et poivrer. Poser sur la face graisseuse et ne mettre que très peu de beurre, voire pas du tout. Les pommes de terre sont ajoutées après fonte de la première graisse du rognon. Il faut qu'en fin de cuisson celui-ci ressorte bien rosé et pas trop cuit, car, rendu caoutchouteux, ce serait alors un désastre !

Terminer comme toutes les préparations dites à la liégeoise (voir *supra*). Si elles comportent un peu d'alcool, elles ne se flambent pas et on n'y ajoute jamais de crème fraîche.

ROGNONS DE PORC AUX GRAINES DE MOUTARDE

Préparer une casserole d'eau bouillante. Dans un sautoir, faire revenir (suer ou blondir) au beurre des échalotes hachées finement. Parsemer d'une pincée de farine, cuire un moment, puis mouiller de vin blanc. Réduire et compléter d'un peu d'eau. Ajouter des graines de moutarde et une cuillère de bonne moutarde de Dijon. Sel, poivre.

Blanchir (passer à l'eau bouillante) pendant deux minutes les rognons fendus en deux dans le sens de la longueur et dans celui de l'épaisseur, débarrassés de leur filtre. Les mettre à égoutter dans un chinois afin de laisser s'écouler les impuretés et le peu de sang encore présent.

Rectifier la sauce – goût, consistance, gouttes de citron ; on peut aussi mettre de la crème fraîche, si c'est votre goût. La tenir au chaud mais sans jamais bouillir. Glisser les rognons dans cette chaude litière de sauce, parsemer au bout d'un instant – puis au moment de servir – de persil haché ou d'un mélange persil-cerfeuil.

Ajouter une pomme vapeur ou une grosse pomme de terre frite, genre pomme pont-neuf.

On peut varier la préparation en introduisant dans la sauce des herbes aromatiques hachées, juste avant la rectification : marjolaine, thym, sauge, etc.

Un beau bouquet de cresson sera servi à part.

On peut essayer aussi de cuisiner avec cette préparation de petits filets de porc.

Si vous en disposez au jardin, râpez un peu de racine de raifort, introduite parcimonieusement avant de servir.

SUPRÊME DE VOLAILLE AUX FIGUES FRAÎCHES

Assaisonner la volaille de sel, de poivre et de quatre-épices.

Dans très peu d'huile, colorer la volaille dans une poêle anti-adhésive ou un wock. Ajouter un peu de miel.

Déglacer avec un peu de thé. Réduire. Ajouter un peu de cardamome, rectifier l'essai.

Poser les figues coupées en deux et quelques lamelles de gingembre frais. Chauffer délicatement afin de ne pas endommager les figues. Servir aussitôt.

On peut tailler de biais le suprême de volaille, les figues rangées d'un côté. Napper le tout de sauce, sans excès.

Un bouquet de cresson ou de pourpier.

Une pomme macaire, à votre goût.

LENTILLES VERTES DU PUY

Laver et cuire les lentilles à l'eau salée ou dans un peu de bouillon léger ; écumer, couvrir. Veiller à ne pas mouiller en excès.

Durant la cuisson, préparer de l'huile d'olive de bonne qualité, un mélange de poivres dans un moulin, du curcuma, du safran, un peu de cumin moulu, des feuilles fraîches d'ortie blanche (lamier) et de menthe (sinon, employer de la tisane d'ortie et de menthe).

Mettre tous ces ingrédients, aux feuilles bien hachées si elles sont fraîches, alors que les lentilles sont cuites mais encore un peu fermes ; veiller à laisser un peu de liquide afin de ne pas avoir une masse trop dense, mais, au contraire, légèrement onctueuse.

Rectifier l'assaisonnement de haut goût et ne pas se montrer trop regardant sur l'huile qui, de première pression à froid, et bien choisie, parfumera à merveille ce plat.

INDEX DES ÉPICES, DES HERBES AROMATIQUES ET DES AROMATES

BIBLIOGRAPHIE

AUDIBERT Caroline, *Les Épices,* Hatier, 1997.

BACRIE Lydia et NEUVILLE Virginie, *Voyages aux pays des épices,* Hachette Phare, 2000.

BOIS Désiré, *Les Plantes alimentaires chez tous les peuples et à travers les âges. Histoire, utilisation, culture.* Volume III *Plantes à épices, à aromates, à condiments,* COMEDIT, 1995.

BOISVERT Clotilde et HUBERT Annie, *L'ABCdaire des épices,* Flammarion, 1998.

CLAIR Colin, *Dictionnaire des herbes et des épices,* Denoël, 1998.

DELAVEAU Pierre, *Les Épices, Histoire, description et usage des différents épices, aromates et condiments,* Albin Michel, 1987.

DRÈGE Jean-Pierre, *Marco Polo et la route de la soie,* « Découvertes Gallimard-Histoire », 1989.

FERRARI Jean-Patrick et LEMORDANT Denis, *Terre, planète des épices,* catalogue de l'exposition du Palais de la Bourse, Marseille, Jardins botaniques de la Ville de Marseille, 1990.

HOWE Sonia E., *Sur la route des épices,* Terre de Brume, Bibliothèque océane, 1994.

LECLERC Henri, *Les Épices,* Masson, 1992.

PELT Jean-Marie, *Des légumes,* Fayard, 1993.

PELT Jean-Marie, *Les Médicaments,* Seuil, coll. « Le Rayon de la Science », 1969.

PIAT Denis, *Sur la route des épices, l'île Maurice 1598-1810*, Éditions du Pacifique, 1994.

STELLA Alain, *Le Livre des épices*, Flammarion, 1998.

Table

Du même auteur :

Les Médicaments, Le Seuil, collection « Microcosme », 1969.
Évolution et sexualité des plantes, Horizons de France, 2e édition, 1975 (épuisé).
L'Homme renaturé, Le Seuil, 1977. Grand prix des lectrices de *Elle* ; prix européen d'Écologie ; prix de l'académie de Grammont. Réédition 1991.
Les Plantes : amours et civilisations végétales, Fayard, 1980 (nouvelle édition revue et remise à jour, 1986).
La Vie sociale des plantes, Fayard, 1984 (réédition 1985).
La Médecine par les plantes, Fayard, 1981 (nouvelle édition revue et augmentée, 1986).
Drogues et plantes magiques, Fayard, 1983 (nouvelle édition).
La Prodigieuse Aventure des plantes (avec J.-P. Cuny), Fayard, 1981.
Mes plus belles histoires de plantes, Fayard, 1986.
Le Piéton de Metz (avec Christian Legay), éd. Serpenoise, Presses universitaires de Nancy, Dominique Balland, 1988.
Fleurs, fêtes et saisons, Fayard, 1988.
Le Tour du monde d'un écologiste, Fayard, 1990.
Au fond de mon jardin, Fayard, 1992.
Le Monde des plantes, Le Seuil, collection « Petit Point », 1993.
Une leçon de nature, L'Esprit du temps, diffusion PUF, 1993.
Des légumes, Fayard, 1993.
Des fruits, Fayard, 1994.
Paroles de nature, Albin Michel, 1995.
Dieu de l'univers, science et foi, Fayard, 1995.
Les Langages secrets de la nature, Fayard, 1996.

De l'univers à l'être, réflexions sur l'évolution, Fayard, 1996.
Plantes en péril, Fayard, 1997.
Le Jardin de l'âme, Fayard, 1998.
Plantes et aliments transgéniques, Fayard, 1998.
La Plus Belle Histoire des plantes (avec M. Mazoyer, T. Monod et J. Girardon), Le Seuil, 1999.
La Cannelle et le Panda, Fayard, 1999.
La Terre en héritage, Fayard, 2000.
Variations sur les fêtes et les saisons, Le Pommier, 2000.
À l'écoute des arbres, photographies de Bernard Boullet, Albin Michel Jeunesse, 2000.
La vie est mon jardin. L'intégrale des entretiens de Jean-Marie Pelt avec Edmond Blattchen, émission *Noms de Dieux*, RTBF/Liège, Alice Éditions, diffusion DDB, Belgique, 2000.
Robert Schuman, père de l'Europe, éd. Conseil général de la Moselle et Serge Domini, 2001.
Les Nouveaux Remèdes naturels, Fayard, 2001.
L'Avenir droit dans les yeux, Fayard, 2003.
La Loi de la jungle (en collaboration avec Franck Steffan), Fayard, 2003.
Dieu en son jardin, Desclée de Brouwer, 2004.
La Solidarité chez les plantes, les animaux, les humains (en collaboration avec Franck Steffan), Fayard, 2004.
Nouveau tour du monde d'un écologiste (en collaboration avec Franck Steffan), Fayard, 2005.
Après nous le déluge ? (avec Gilles-Éric Séralini), Flammarion-Fayard, 2006.
Ces plantes que l'on mange, Chêne, 2006.
C'est vert et ça marche, Fayard, 2007.
Nature et spiritualité, Fayard, 2008.
La Raison du plus faible, Fayard, 2009.

Composition réalisée par Chesteroc Ltd.

Achevé d'imprimer en décembre 2009 en Espagne par
Litografia Rosés
GAVA (08850)
Dépôt légal 1re publication : février 2008
Édition 02 – décembre 2009
LIBRAIRIE GÉNÉRALE FRANÇAISE – 31, rue de Fleurus – 75278 Paris Cedex 06

31/2203/3